いせものがたり

伊势物语

[日]佚名 著
丰子恺 译

北方联合出版传媒(集团)股份有限公司
万卷出版有限责任公司

目录

竹取物语
1

伊势物语
47

竹取物语

一　辉夜姬的出生

从前有一个伐竹的老公公。他常到山中去伐竹，拿来制成竹篮、竹笼等器物，卖给别人，以为生计。他的姓名叫作赞岐造麻吕。有一天，他照例去伐竹，看见有一枝竹，竿子上发光。他觉得奇怪，走近一看，竹筒中有光射出。再走近去仔细看看，原来有一个约三寸长的可爱的小人，住在里头。于是老公公说："你住在我天天看见的竹子里，当然是我的孩子了。"就把这孩子托在手中，带回家去。

老公公把这孩子交给老婆婆抚养。孩子长得非常美丽，可是身体十分细小，只得把她养在篮子里。

老公公自从找到了这孩子之后，去伐竹时，常常发现竹节中有许多黄金。于是这老头儿便自然地变成了富翁。

孩子在养育中一天天长大起来，正像笋变成竹一样。三个月之后，已经变成一个姑娘。于是给她梳髻，给她穿裙子。老公公把她养在家里，不让出门，异常怜爱她。这期间，孩子的相貌越长越漂亮，使得屋子里充满光辉，没有一处黑暗。有时老公公心绪不好，胸中苦闷，只要看到这孩子，苦痛自会消失。有时，即使动怒，一看到这孩子，立刻心平气和。此后老公公仍然天天去伐竹，每一节竹里都有黄金。于是家中日渐富裕，老翁变成了一个百万富翁。

孩子渐渐长大起来。老公公就到三室户地方去请一个名叫斋部秋田的人来，给她起名字。秋田称她为"嫩竹的辉夜姬"。或可写作"赫映姬"，意思是夜间也光彩焕发。取名后三天之内，老翁举行庆祝，大办筵席，表演种种歌舞音乐。不论男女，都被请来参加宴会。

二　求婚

　　天下所有男子，不论富贵之人或贫贱之夫，都想设法娶得这辉夜姬。他们徒闻其名，心中恍惚，有如燃烧，希望只见一面也好。住在辉夜姬家附近的人和住在她家隔壁的人，也不能窥见辉夜姬的容颜，何况别的男子。他们通夜不眠，暗中在墙上挖一个洞，张望窥探，聊以慰情。从这时候起，这种行为被称为偷情。然而他们只是暗夜里在无人居住之处漫步，一点效果也没有。至多只能向她家里的人开口，好像要讲什么事情。然而没有人答应他们。虽然这样，他们也不懊丧。那些公子哥儿离不开这地方，有许多人日夜在这里彷徨。

　　容易断念的人们，知道已经没有希望，在这里徘徊，徒劳无益，于是回心转意，不再来了。然而其中还有五个有名的人，继续不断地来访。这五个人不肯断念，仍是日日夜夜地梦想着。其中一人叫作石作皇子，另一人叫作车持皇子，又一人叫作右大臣阿部御主人，再一人叫作大纳言大伴御行，最后一人叫作中纳言石上麻吕。这些人，只要听见哪里的女人容貌美丽，即使是世间寻常的女人，也立刻想看看。因此听到了辉夜姬的大名，心中焦灼不堪，魂梦颠倒，饭也不吃，便跑到她家附近，徘徊彷徨，然而毫无效果。写了信送去，也得不到回音。于是相思成病，写了失恋的诗送去，然而也没有答复。明知无用，心一直不死，隆冬天气，冰雪载途，或是炎夏六月，雷鸣雨打之时，他们还是继续不断地来访。有一天，有一人把老翁叫出来，低头合掌，向他要求道：

"请把您的女儿嫁给我！"

老翁只是回答他道：

"她不是我生的女儿，所以我不能自由做主。"

不知不觉地又过了些时光。

这样，这些人回家去，都魂牵梦萦，懊恨之极，便去求神拜佛，或者许下愿心，要菩萨保佑他们忘怀这女子。然而还是无用。于是他们又回心转意：老公公虽然这样说，难道这女子可以终身不嫁人吗？便照旧到辉夜姬家附近流连彷徨，借此表示他们的至诚。

老翁看到这般光景，有一次对辉夜姬说：

"我家最高贵最高贵的姑娘！你原是神佛转生，不是我这个老头儿所生的孩子。但是我费尽心血养育你成长，你可否顾念我这点微劳，听我说一句话？"

辉夜姬答道："啊呀！什么话我都听。不过您说我是变怪转生,我直到现在一向不知。我只知道您是我的生身父亲呀!"

老翁说:"啊,那是再好没有了!我现在已经七十多岁。老实说,我的命尽于今日或明日,不得而知了。我有一句话要对你说:大凡是人,既已生在这世界上,男的一定要娶一个女的,女的一定要嫁一个男的,这是人世间的规则呀。必须这样,方才门户增光,人口繁盛。就是你,也非走这条路不可呢。"

辉夜姬答道:"哪里有这种事,我不愿意。"

老翁说:"啊呀!你虽然是神佛转生,总是一个女人呀。现在,我活着的时候,不妨这样过日子。如果我死了,怎么办呢?那五个人,那样经年累月地来访,对你恋慕之心实在很深。他们已经明言要娶你。你应该早点下个决心,和其中某一个人定亲,好吗?"

辉夜姬答道:"唉,这些都是庸庸碌碌的人呀。不知道对方的心,而贸然地和他定亲,到后来他的心变了,教人后悔莫及。无论这人地位怎样高,相貌怎样好,不知其心而同他定亲,断然不可。"

"嗯,你说得有理,"老翁点头称是,又说,"那么,你究竟想同怎样的人定亲呢?那五个人都是对你很诚心的啊。"

辉夜姬答道:"怎样的人嘛,我并没有特别的要求,只是有一点点小事。那五个人之中,无论哪个都很诚心,怎么可说哪一个优,哪一个劣呢?所以,谁能把我最喜欢的东西给我取来,谁便是最诚心的人,我就做这人的妻子。请您这样对他们说吧。"

"这办法很好。"老翁也表示赞成。

到了傍晚,那五个人都来了。他们有的吹笛,有的唱谣曲,有的唱歌,有的吹口笛,有的用扇子打拍子。他们这样做,想把辉夜姬诱出来。于是老翁出来对他们讲话了:

"列位大人呀,长年累月地劳驾你们到我这荒僻的地方来,实在很不敢当!我已风烛残年,朝不保夕。所以我已经对我家这女孩子说,叫她仔细想想,在这样诚恳的五位大人之中,选定一位出嫁。女孩子说:'我怎么能知道他们对我爱情的深浅呢?'这话也说得有理。她又说,你们五位之中,很难说性情孰优孰劣。所以,你们五位之中,谁能把她最喜爱的东西拿来给她,谁便是最情深,她便嫁给谁。我以为这办法也好。你们不论哪一位,都不会怨恨我吧。"

五个人听了这话,都说:"这样很好。"老翁便走进去,把这话传达给辉夜姬。

辉夜姬说:"对石作皇子说,天竺有佛的石钵,叫他替我去取来。"

又说:"对车持皇子说,东海有一座蓬莱山,山上有一棵树,根是银的,茎是金的,上面结着白玉的果实,叫他替我折一枝来。"

她继续说:"另一位呢,叫他把唐土的火鼠裘取来给我。大伴大纳言呢,把龙头上发五色光芒的玉给我取来。石上中纳言呢,把燕子的子安贝取一个来给我。"

老翁说:"唉,都是难题。这些都不是国内所有的东西。这样困难的事,叫我怎样向他们转达呢?"

老翁有些为难,辉夜姬说:"有什么困难呢!你只管对他们说就是了。"

老翁出去,把话照样转达了。那些王公贵人听了,大吃一惊,心灰意懒地说:"出这样的难题,为什么不爽爽快快地说'不许你们在这附近徘徊'呢?"大家垂头丧气地回去了。

三　佛前的石钵

虽然如此,他们回去之后,总觉得不看到辉夜姬,做人没有意义。其中石作皇子最为机敏。他仔细寻思,石钵既然在天竺,总不会拿不到的。但他转念又想:在那遥远的天竺地方,这也是独一无二的东西。即使走了千百万里,又怎么能把它取到手呢?于是有一天,他到辉夜姬那里报告:今天我动身到天竺去取石钵了。过了三年,他走到大和国十都市某山寺里去,把宾头庐(十六罗汉之一)面前的被煤烟熏黑的钵取了来,装在一只锦囊里,上面用人造花作装饰,拿去给辉夜姬看。辉夜姬觉得奇怪,伸手向钵中一摸,摸出一张纸来。展开一看,纸上写着一首诗:

渡海超山心血尽,
取来石钵泪长流。

辉夜姬看看那钵有没有光,连萤火那样的光也没有。于是回答他一首诗:

一点微光都不见,
大概取自小仓山。[1]

辉夜姬便把这钵交还他。皇子把钵扔在门前,再写一首诗:

钵对美人光自灭,
我今扔钵不扔君。

他把这诗送给辉夜姬,但辉夜姬不再作复。皇子见她不睬,咕哝着回家去了。他虽然扔了那钵,但其心不死,希望或有机缘,可以再来求爱。从此以后,人们把这样厚颜无耻的行为叫作扔钵[2]。

---

[1] 小仓山是大和国十都市的一个山名。"仓"字发音与"暗"字相同,故此诗甚为巧妙。可惜这是翻译不出的。
[2] "钵"字与"耻"字发音相同。

三 佛前的石钵 | 11

四　蓬莱的玉枝

　　车持皇子是个深谋远虑的人。他对外说是要到筑紫国（九州）去治病，就请了假，来到辉夜姬家里，对那些仆役说："我现在就动身去取玉枝。"就向九州出发了。他属下的人，都到难波港来送行。皇子对他们说："我此行是很秘密的。"因此他并不多带从人，只带几个贴身侍者，就出发了。送行的人看他走了，都回京去。

　　这样，大家以为他到筑紫国去了。岂知三天后，皇子的船又回到难波港。他预先苦心劳思地布置好，一到之后，立刻去把当时第一流的工匠内麻吕等六人叫来，找一个人迹难到的地方，建造起一座门户森严的房子，叫这六个人住在里头。他自己也住在那里。而且，把他自己所管辖的十六所庄园捐献给神佛，仰仗神佛的援助制造玉枝。这玉枝竟制造得同辉夜姬所要求的分毫不差。于是皇子拿了这玉枝，偷偷地来到难波港。他自己坐在船里，派人去通知家里的人说："今天回来了。"他脸上装出长途旅行后的疲劳之相。许多人来迎接他。

　　皇子把玉枝装在一只长盒子里，上面覆盖绫锦，拿着走上岸来。于是世人纷纷传说："车持皇子拿着优昙花回来了。"大家赞叹不止。

　　辉夜姬闻得这消息，想道：我难道要输给这皇子了吗？心中闷闷不乐。不久，听到有人敲门，车持皇子来了。他还穿着水路旅行的服装。照例由老翁出来接待他。

　　皇子说："我几乎丢了性命，终于取得了这玉枝。请你快快拿去给辉夜姬看！"

　　老翁拿进去给辉夜姬看，但见其中附着一首诗：

　　　　身经万里长征路，

　　　　不折玉枝誓不归。

玉枝是玉枝，诗是诗，都是千真万确的。辉夜姬看了，茫然若失。老翁走进来了，说道："喏喏，你嘱咐皇子去取蓬莱的玉枝，他分毫不差地取来了。现在还有什么话可说呢？皇子还穿着旅行服装，没有到过自己家里，直接到这里来了。来！你也快点出去和他会面，同他定亲吧。"

　　辉夜姬默默不语，只是一手支着面颊，唉声叹气，沉思冥想。

　　皇子则另是一套，他以为现在辉夜姬没话可说了，便老实不客气地跨上走廊来。老翁认为这也是应该的，便对辉夜姬说

四　蓬莱的玉枝　｜　13

道:"这玉枝是我们日本国里所没有的。现在你不能拒绝他了。况且,这位皇子的品貌也是挺优秀的呢。"

辉夜姬狼狈得很,答道:"我一直不听父亲的话,实在很抱歉。我故意把取不到的东西叫他去取,想不到他真个取来了,真是出我意料之外。如今如何是好呢?"老翁却不管一切,连忙准备新房。他对皇子说道:"这棵树究竟生长在什么地方?实在珍贵之极,美丽得很呢!"

皇子回答道:"你听我讲:前年二月间,我乘船从难波港出发。起初,船到海中,究竟朝哪个方向走好呢,完全没有办法。然而我打定主意,这点愿望不达到,我不能在世上做人。于是让我的船随风漂泊。我想:如果死了,那就没有办法;只要活着,总会找到这个蓬莱山。那船漂流了很久,终于离开我们的日本国,漂向远方去了。有时风浪很大,那船似乎要沉没到海底去了。有时被风吹到了莫名其妙的国土,走出些鬼怪来,我几乎被他们杀死呢。有时全然失却方向,成了海中的迷途者。有时食物吃光了,竟拿草根来当饭吃。有时来了些非常可怕的东西,想把我们吞食。有时取海贝来充饥,苟全性命。有时生起病来,旅途无人救助,只得听天由命。这样地住在船中,听凭它漂泊了五百天。到了第五百天的早上辰时(八九点钟)左右,忽然望见海中远处有一座山,大家喜出望外。我从船中眺望,看见这座山浮在海上,很大,很高,形状非常美丽。我想,这大概就是我所寻求的山了,一时欣喜若狂。然而总觉得有些可怕,便沿着山的周围行船，观察了两三天。忽然有一天，一个作天仙打扮的女子从山上下来，用一只银碗来取水。于是我们也舍舟登陆，向这女子问讯：'这座山叫什么名字？'女子回答道：'这是蓬莱山。'啊！我听到了这句话，乐不可支。再问这女子：'请教你的芳名？'女子答道：'我叫作宝嵌琉璃。'就飘然地回到山里去了。

"且说这座山，非常险峻，简直无法攀登。我绕着山的周围步行，看见许多奇花异卉，都是我们这世间所看不到的。金银琉璃色的水从山中流出来。小川上架着桥，都是用各种美丽的宝玉造成的。周围的树木都发出光辉。我就在其中折取一枝。这一枝其实并不特别出色，但和辉夜姬所嘱咐的完全相符，因此我就折了回来。讲到这山的景色，实在是无与伦比的绝景。我本想在那里多住几时，以便饱览美景。但是既已取得此枝，便无心久留，连忙乘船回来。幸而归途是顺风，走了四百多天，就到家了。这完全是我的愿力宏大的善报。我于昨日回到难波港。我的衣服被潮水打湿，还没有换过，就直接到这里来了。"

老翁听了这番话，非常感动，连声叹息，口占一首诗送他：

> 常入野山取新竹，
> 平生未历此艰辛。

皇子听了，说道："我多年来忧愁苦恨的心，好容易到今天才安定了。"便答他一首诗：

　　长年苦恋青衫湿，
　　今日功成泪始干。

　　这样看来，这皇子的计谋顺利地完成了。可是忽然有六个男子，走进辉夜姬家的院子里来。其中一人拿着一根棒，棒头上挂着一个字条，写着请愿的文字。他说道："工艺所工匠头目汉部内麻吕上言：我等六人为了制造玉枝，粉身碎骨，艰苦绝粒，已历千有余日，皆筋疲力尽，然而不曾得到一文工钱。务请即刻偿付，以便分配。"

　　老翁吃了一惊，问道："这些工艺匠说的究竟是怎么一回事？"此时皇子狼狈周章，哑口无言。辉夜姬听到了，说道："请把他们请愿的文字给我看看。"但见上面写道："皇子与我等卑贱之工艺匠共同隐居一处，凡千余日，命我等制造精美之玉枝。当时曾蒙惠许：成功之日，不但酬劳从丰，并且授予官爵。我等思量，此乃皇子之御夫人辉夜姬所需之物，我等应向此地领赏，今日即请惠赐。"

　　愁眉不展的辉夜姬看了这请愿书，笑逐颜开，便唤老翁进来，对他说道："我以为这真个是蓬莱的玉枝，正在忧虑，原来这是假的，我真高兴！这种讨厌的伪物，他竟会送进来，赶快叫他走出去！"

老翁也点头称是，说道："分明是伪物了，应该叫他滚蛋。"

辉夜姬现在心情开朗了，便写一首诗回答皇子：

花言巧语真无耻，

伪造玉枝欲骗谁！

将这诗和那伪造的玉枝一起送还了他。

老翁本来和皇子亲切地谈话，现在意气沮丧，只得假装打瞌睡。皇子想起身回家，觉得不成样子；照旧坐着吧，又觉得难为情。于是只得低着头躲着。直到天色渐黑，他才偷偷地从辉夜姬家溜了出去。

辉夜姬把刚才来请愿的六个工艺匠叫进来。她感谢他们，给了他们许多钱。六个人非常高兴："啊，今天如意称心了！"拿着金钱回家去。岂知在途中，被车持皇子派来的人痛打一顿，打得头破血流，金钱也被抢走，只得四散逃命。

事已至此，车持皇子叹道："我一生的耻辱，无过于此了。不能得到所爱的女子且不说，最要紧是被天下人耻笑。"他就独自一人逃到深山中去了。他的家臣们带了许多人四处找寻，终究影迹全无，大约已经死了。

推想皇子的心情，非但无颜再见他的朋辈，即使在他的家臣面前，也觉得可耻，因此只得销声匿迹。从此之后，世人称此种行为为"离魂"。

五　火鼠裘

右大臣阿部御主人，家中财产丰富，人丁繁荣。他写一封信给那年舶来日本的中国贸易船上的王卿，托他买一件火鼠裘。他在侍从中选一个精明干练的人，叫作小野房守的，叫他把信送给王卿。房守来到贸易船停泊的博多地方，把信呈上，并且缴付一笔货款。王卿得信，便作复如下：

"火鼠裘，我中国并无此物。我曾闻其名，却并未见过。如果世间确有此物，则贵国应有舶来。阁下言不曾见过，则恐世间并无此物也。总之，阁下所嘱，乃难中之难。然而，万一天竺有此物舶来我国，则鄙人可向我国二三富翁询问，或可借彼等之助力而获得，亦未可知。如果世间绝对无有此物，则所付货款，当交来人如数璧还。专此奉复。"

王卿带了小野房守，回到中国。几个月之后，他的船又来到日本。小野房守乘了这船回到日本。阿部御主人等得心焦了，闻讯之后，连忙派人用快马去迎接。房守快马加鞭，只走七天，已从筑紫来到京城。他带来一封信，信中写道：

"火鼠裘，我曾四处派人采购。据说此物在现世、在古代，都不易见到。但闻从前天竺有圣僧持来中国，保存在遥远之西方寺中。这是朝廷有旨要买，好容易才买到的。我去购买时，办事人员说此款不够，当即由我补足，终于买到。垫付黄金五十两，请即送还。如果不愿付出此款，则请将裘送还为荷。"

阿部御主人得到此信，笑逐颜开，说道："哪有这话！金钱不足道，岂有不还之理！当然会送还的。啊，我得到裘，真乃莫大的喜事啊！"他欢欣之余，合掌向中国方向拜谢。

装火鼠裘的箱子上，嵌着许多美丽的宝玉。裘是绀青色的。毛的尖端发出金色光辉。此裘穿脏了，可放在火中烧，烧过之后，就更加清洁。但此裘火烧不坏，还在其次，首先是其色泽之美丽。实在，此物就是看看，也觉得是一件可贵的珍宝。

阿部御主人看看这裘，叹道："辉夜姬欲得此物，不是无理的。啊！造化造化！"便将裘放入箱中，饰以花枝。他自己打扮一番，以为今夜可以泊宿在辉夜姬家，得意扬扬地出门。此时吟一首诗，放入箱中。诗曰：

热恋情如火，不能烧此裘。

经年双袖湿，今日泪方收。

阿部御主人站在辉夜姬家的门前了。叩门问讯，老翁出来，接了火鼠裘的箱，拿进去给辉夜姬看。

辉夜姬看了，说道："啊！这裘多么漂亮呀！不过，是不是真的火鼠裘，还不可知呢。"

老翁答道："还有什么真假呢！你把裘藏在箱中吧。这是世间难得见到的裘，你必须相信它是真的。像你这样一味怀疑别人，实在是不行的。"说着，就去请阿部御主人进来。他想，这回她一定肯接见这人了。老翁当然这样想，连老婆婆也这样想。老翁常常为了辉夜姬没有丈夫，孤身独居，觉得非常可怜。所以希望找到一个好男子，让她有所依靠。无奈这闺女无论如何也不肯，他也不能勉强她。

辉夜姬对老翁说道："把这裘放在火中烧烧看。如果烧不坏，才是真的火鼠裘，我就遵他的命。你说这是世间难得见到的裘，确信它是真的。那么，必须把它烧烧看。"

老翁说："你这样说，倒也很有道理。"他忽然改变主意，把辉夜姬的话转达给大臣。

大臣说："这裘啊，中国境内也没有，我是千方百计弄来的。关于它的质量，还有什么可怀疑呢？你们既然这样说，就快点拿来烧烧看吧。"

这裘一放进火里，立刻劈劈啪啪地烧光了！辉夜姬说，"请看，这便可知它是一张假的皮毛。"大臣看到这情景，面孔就像草叶一般发青。辉夜姬高兴得很，连忙作了一首答诗，放在装裘的箱子里，还给阿部御主人。诗曰：

假裘经火炙，立刻化灰尘。

似此凡庸物，何劳枉费心！

于是，大臣只得悄悄地回去了。外间的人们便问："听说阿部大臣拿了火鼠裘来，就做了辉夜姬的夫婿，已经来到这屋子里。大概住在这里了吧。"另有人回答他说："没有没有！那件裘放在火里一烧，劈劈啪啪地烧光了，因此辉夜姬把他赶走了。"世人都知道这件事。从此以后，凡是不能成遂的事情，都叫作"阿部主人"。

六　龙头上的珠子

大伴御行大纳言把家中所有的家臣都召集起来，对他们说："龙的头上有一块发出五色光辉的玉。哪一个取得到，随便你们要什么东西我都给你们。"

听了这话的人都说："我家主人的命令，实在是很可感谢的。不过，这块玉，大概是很难取得的宝物吧。龙头上的玉，怎样才能取得呢？"这些人都咕哝着叫苦。

于是大纳言说："做家臣的，为了完成主人的愿望，性命也要舍弃。这是家臣的本分呀！况且龙这东西，并非我国没有而特产于唐土、天竺的东西。我国的海边山上，常有龙爬上爬下。你们怎么说是难事呢？"

家臣们答道："那么，没有办法。无论是怎样难得的宝物，我们遵命去找求吧。"

大纳言看看他们的神情，笑道："这才对了。我大伴家里的家臣，是天下闻名的，难道会违背主人的命令吗？"

于是家臣们出门去寻找龙头上的玉。大纳言把家中所有的绢、锦和金子都取出来,交给这些家臣,作为他们的路费,又对他们说:"你们出门之后,我就吃斋念佛,直到你们回来。如果取不到这玉,不准你们回到我这里来!"

家臣们听了主人的嘱咐,一个个懒洋洋地出门去了。他们都想:主人说,如果取不到龙头上的珠子,不准再回到这里来。但这东西,根本是取不到的。他们各自随心所欲地东分西散。众家臣都咒骂主人,说他好奇怪。他们把主人给他们的东西随意作了分配。有的拿了东西回家乡去了。有的随心所欲地到别处去了。他们都诽谤大纳言,说道:不管是爹娘还是主人,这样胡说八道,叫我们没有办法。

大纳言全然不知道这情况。他说:"给辉夜姬住那普通的房屋太不像样。"连忙建造起特殊的房屋来:室内四壁涂漆,嵌上景泰窑装饰,施以各种色彩。屋顶上也染成五彩,挂上各种美丽的带子。每一个房间里都张挂着美丽无比的锦绣的壁衣。而且把他本来的老婆和小老婆都赶走。无论何事,他都不爱,一天到晚为了准备迎接辉夜姬而忙碌。

且说派遣出去取龙头上的玉的家人们,不管大纳言朝朝夜夜地等待,过了年底,到了明年,一直音信全无。大纳言不胜焦灼,便悄悄地带了两个随身侍从,微行来到难波港。看见一个渔夫,便问他:"大伴大纳言家的家臣们乘了船去杀龙,取它头上的玉,这新闻你听到过吗?"

渔夫笑道："哈哈，你这话真奇怪！第一，愿意为了做这件蠢事而放船出去的船夫，在这里一个也没有。"

大纳言听了这话，心中想道："这些船户都是没志气的。他们不知道我大伴家的强大，所以讲这种胆怯的话。"又想："我们的弓多么有力！只要有龙，一箭便可把它射死，取它头上的玉，这是毫无问题的。这些家臣不决不断，直到现在还不回来，我在这里老等，实在不耐烦了。"他就雇了一只船，向海中到处巡游，渐行渐远，不觉来到了筑紫的海边。

这时候，不知怎的，发起大风暴来，天昏地黑，那只船被风吹来吹去，吹向什么地方，完全不得而知。风越来越大，把船吹到了海的中央。大浪猛烈地冲击船身，船被波浪包围了。雷声隆隆，电光闪闪。好个大纳言，到此也束手无策了。他叹道："唉！我平生从来不曾吃过这种苦头。不知到底怎么样啊！"

那个船户哭着说道："我长年驾着这船来来去去，从来不曾碰到这种可怕的情况。即使幸而船不沉没，头上的雷电也会打死我吧！即使幸而神佛保佑，船也不沉，人也不死，但结果我这船终将被吹到南海之中。唉！我想不到碰着了这个古怪的顾客，看来我的命运是很悲惨的了！"

大纳言听了他的话，说道："乘船的时候，船户的话是最可靠的。你为什么说出这种不可靠的话来呢？"说着，不知不觉地口中吐出青水。

船户说："我又不是神佛，有什么办法呢？风吹浪打，我是长年以来习惯的。但这雷电交加,一定是你想杀龙的缘故。这暴风雨一定是龙神带来的。你赶快祈祷吧!"

大纳言听了这话,忽然说道:"啊,你说的是。"便大声祈祷:"南无船灵大明菩萨!请听禀告:小人愚昧无知,胆大妄为,竟敢图谋杀害神龙,实属罪大恶极!自今以后,不敢损害神体一毛,务请饶恕,不胜惶恐之至。"

他大声念这祈祷,有时起立,有时坐下,有时哭泣,念了千百遍。恐是因此之故,雷声渐渐地停息。天色渐渐明亮起来,但风还是猛烈地吹着。

船户说道:"啊,如此看来,刚才的风暴正是龙神菩萨带来的。现在的风,方向很好,是顺风,不是逆风。我们可以乘这风回家乡去了。"但大纳言已经吓破了胆,无论如何不相信船户的话。

这风继续吹了三四天,似乎可把船吹到原来的地方去了。岂知向岸上望望,这是播磨国明石地方的海岸。但大纳言总以为到了南海的海岸,疲劳之极,躺倒在船里了。他带来的两个随身侍从便上岸去报告当地的衙门。衙门里特地派人员来慰问。然而大纳言不能起身,直挺挺躺在船舱里。无可奈何,只得在海岸的松树底下铺一条席子,扶他起来躺在席子上。到这时候,大纳言方才知道这里不是南海的岛。他好容易坐起身来。这个人平常有些伤风,就神色大变。这时候竟变成腹部膨胀,眼睛像两颗李子一般肿起。派来的人员看了发笑。

大纳言连忙叫衙门里的人替他备一顶轿子，坐了回家。以前他派出去取龙头上的玉的家臣们，不知从哪里知道消息，现在都回来了，对他说道："我们因为取不到龙头上的玉，所以不敢回来。现在，大人自己也已完全相信此物难取，想来不会责罚我们，所以回来了。"

大纳言站起身来对他们说道："龙头上的玉，难怪你们取不到。原来龙这东西，是与雷神同类的。我叫你们去取它头上的玉，犹如要杀死你们这许多家人。如果你们捉住了这条龙，连我也要被杀死的。幸而你们没有把龙捉住。这大约是辉夜姬这个坏家伙企图杀死我们而安排的阴谋。我今后决不再走到她家附近去。你们也不要到她那里去。"就把家中剩下的棉絮和金子赏赐了取不到龙头上的玉的家臣们。

以前离婚了的妻子听到这则消息，几乎笑断了肚肠。新造房子屋顶上挂着的五彩带子，都被鹞鹰和乌鸦衔去做窠了。

于是世间的人们都说："听说大伴大纳言去取龙头上的玉，没有取到，眼睛上生了两个李子回来了。啊，吃不消呀！"

从此以后，凡做无理的事，叫作"啊，吃不消呀"。

七　燕子的子安贝

中纳言石上麻吕对家中仆役们说："燕子做窠时，你们来通知我。"仆役们问："大人要做什么呢？"答道："我要取燕子的子安贝。"

仆役们说："我们曾经看见人们杀过许多燕子，但它们的肚子里从来没有这样的东西。也许，燕子产卵的时候会生出这东西来。然而，怎样取得到呢？燕子这东西，一看见人就逃走的呀。"

另外有一个人说："宫中大厨房内，煮饭的屋子栋柱上的许多洞里，都有燕子做窠。在那里搭起架子来，叫几个壮健的人爬上去，向许多洞里窥探。那里燕子很多，说不定有一两只正在产卵，就可把它们打死，夺取子安贝。"

中纳言听了这话，非常高兴，说道："这办法很对，我倒没有想到。你的话很有道理。"就选了忠实的男仆二十人，在那里搭起架子来，叫他们爬上去。中纳言不断地派人去问："怎么样？子安贝取到了没有？"

可是，那些燕子看见这么许多人爬上来，都害怕了，不敢飞近。就有人把这情况报告中纳言。中纳言悲观了，不知如何是好。

这时候，大厨房里有一个年老的司事，名叫麻吕的，走来对中纳言的家臣们说："你们大人要取子安贝，我倒有一个办法呢。"家臣们通报中纳言，中纳言便召见这老人，亲切地同他谈话。麻吕说道："要取燕子的子安贝，这办法是没有用的。这样做，一定取不到。第一，这样乌丛丛的二十个人爬上去，那些燕子吓坏了，是不敢飞近来的。应该把这架子拆掉，叫这许多人都走下来。然后选定一个干练的男子，叫他坐在一只大篮子里。篮子上缚一根索子，用滑车挂在梁上。燕子飞来了，连忙拉索子，把篮子升上去。这男子便伸手去取子安贝。这样，保管你取到手。"

中纳言说："这确是个好办法。"便把架子拆毁，把那些人叫回来。他问麻吕："那么，怎么会知道燕子要产卵了，把人拉上去呢？"

麻吕答道："燕子要产卵，尾巴一定向上翘，翘了七次，卵就产下来。看到它第七次翘尾巴的时候，把篮子拉上去，便可取到子安贝。"

中纳言听了这话，欢喜无量，便偷偷地走进大厨房，挤在人丛中，日日夜夜地督促那人去取子安贝。同时，因为麻吕教了他这方法,他大大地褒奖他,对他说道:"你不是我家的人,倒很能称我的心呢。"他还没有取得子安贝,就像已经取得了那样高兴,把自己身上的衣服脱下来,赏赐给麻吕,对他说道:"今晚你必须再来一次大厨房,帮帮忙。"便叫麻吕暂时回去。

天色渐暮,中纳言来到大厨房。一看,燕子果然正在做窠。而且正如麻吕所说,尾巴正在翘动。他连忙叫人乘入篮子里,把篮子拉上去,叫他伸手到燕子窠里去摸。那人摸了一会,说道:"什么也没有!"

中纳言生气了,说道:"这是你不会摸的缘故。"他想另外选一个人去摸,左思右想,终于说道:"还是让我自己上去摸吧。"便坐在篮子里,那篮子徐徐地拉上去。他向燕子窠里窥探,好极了!燕子正在翘尾巴。他连忙伸手到窠里去摸,摸着了一块扁平的东西,便叫道:"啊,有了!有了!把我放下来吧!麻吕!有了,有了!"人们围拢过来,把篮子上的索子往下拉。岂知太用力了,那索子被拉断。篮子里的中纳言跌下来,正好落在一只大锅子里。

人们大吃一惊,赶忙走过去,把中纳言抱起。一看,他两眼翻白,呼吸也停止了。连忙把水灌进他嘴里,过了好一会,他方才苏醒过来。人们按摩一下他的手臂和腿,然后把他从锅子上抱下来,问他:"现在您觉得怎么样?"中纳言上气不接下气地说道:"稍微好点了。腰还是动不得。但子安贝牢牢地握在我手中,目的达到了。不管别的,赶快拿蜡烛来,让我拜见这件宝贝。"

他抬起头,张开手来一看,原来握着的是一块陈旧的燕子粪!中纳言叫道:"唉!没有贝!"

从此以后,做事无效,叫作"没有贝"。

中纳言看到这不是子安贝,当然不能装在匣子里送给辉夜姬,心情大为沮丧。况且又折断了腰骨。他做了愚蠢的事,以致弄坏了身体,生怕这情况被世人知道,不胜苦恨。但他越是苦恨,身体越是衰弱。取不到贝,还在其次,被世人耻笑,才真是丢脸。这比普通患病而死更没面子。

辉夜姬闻知了这消息,写一首诗去慰问他,诗曰:

经年杳杳无音信,
定是贝儿取不成。

家人把这首诗念给中纳言听了,中纳言在苦闷之中抬起头,叫人拿来纸笔,写一首答诗。诗曰:

取贝不成诗取得,
救命只须一见君。

他写完这诗,就断气了。辉夜姬闻此消息,深感抱歉。

八　出猎游幸

皇帝闻得辉夜姬的美貌盖世无双，有一天对一个名叫总子的女官说："听说这女子对爱慕她的男人，都看得同仇敌一样，坚决不听他们的话。你去看看，究竟是怎样的一个女子。"

总子奉了圣旨，退出皇宫，来到竹取翁家里。竹取翁恭敬地迎接。总子对老婆婆说："皇上说，你家的辉夜姬相貌美丽，盖世无双，特地命我来看看。"

老婆婆说："好好，我就去对她说。"便走进去对辉夜姬说："赶快出去迎接皇帝的使者！"但辉夜姬答道："哪里的话！我的相貌并不怎么美丽。羞人答答的，怎么可以出去会见皇帝的使者呢？"她无论如何不肯听话。

老婆婆说："你这话多么无礼！皇帝的使者难道可以怠慢的吗？"辉夜姬说："我这样说，并没有得罪皇帝呀。"她完全没有想会见使者的样子。

老婆婆想，这孩子是自己从小抚育成长，同亲生女儿一样。

然而对她讲话，她满不在乎地反抗。自己想责备她，也不知道该怎样讲才好。

老婆婆就出来回复使者："真是万分对不起了！我家的姑娘，还是一个毫不懂事的女孩子；而且脾气倔强，无论如何不肯出来拜见呢！"

女官说："可是，皇上说一定要我来看看。我如果看不到，是不能回去的。皇上说的话，这国土里的人难道可以不听吗？你们说这话太没道理了！"她严词责备。然而辉夜姬听了这话，不但坚决不答应，又说道："如果我这样说违背了皇帝的话，就请他赶快把我杀死吧！"

女官无可奈何，只得回宫去报告皇帝。皇帝说："哈哈，这样的心肠，是可以杀死许多人的！"一时把她置之度外。然而，总觉得心中不快，这样倔强的女子，难道可以让她战胜吗？皇帝回心转意，有一天，把竹取翁叫来，对他说道：

"把你家的辉夜姬送到这里来！听说她的容貌非常美丽，以前我曾派使者去看，但结果是徒劳往返。是你教她这样无礼的吗？"

竹取翁诚惶诚恐地回答道："哪里，哪里！小人不敢。不过这个女孩子，恐怕是不肯进宫的。小人实在无可奈何。不过，且让小人回去再劝一番吧。"

皇帝听了这话，点头称是，对他说道："这才不错。是你抚育成长的人，难道你不能自由做主吗？如果你把她送进宫来，我封你一个五品官员。"

竹取翁欣然回家，对辉夜姬说道："皇帝对我如此说，难道你还不答应吗？"

辉夜姬答道："不不，无论怎样，我决不去当宫女。如果再要强迫我，我就要消失了。这算什么呢：你等待我去当宫女，以便取得你的官位，我就同时死去！"

竹取翁说："啊呀，这使不得！我要得到爵禄，而叫我的可爱的孩子死去，这成什么话呢？不过，你究竟为什么那样地厌恶当宫女？谈不到死的呀！"

辉夜姬答道："我这样说了，如果你还以为我是说谎，那么就请你把我送进宫里去，看我是死还是不死。过去有许多人诚心诚意、积年累月地求我，我尚且都不答应。皇帝的话还是昨天今天的事呢。如果我答应了，世间的人将怎样地讥笑我！这等可耻的事情，我是决不做的。"

竹取翁说："天下之事，无论怎样大，决不会关系到你的生命。那么，让我再进宫去回复皇帝，说你不肯当宫女就是了。"

竹取翁就进宫去对皇帝说："上次皇上的话，小人非常感激，立刻去劝小女入宫。岂知这女孩子说：'要我入宫我情愿死。'原来这孩子，不是我造麻吕亲生的，是从山中找来的，因此她的性情和普通人不同。"

皇帝听了这话，说道："啊！对了对了！造麻吕啊！你家住在山脚边吗？这样吧，让我到山中去打猎，就闯进你家去看

八　出猎游幸　｜　33

看辉夜姬,如何?"

竹取翁答道:"这是再好没有了。当她不知不觉地坐在家里的时候,皇帝突然行幸,便看到她了。"

于是皇帝连忙选定一个日子,到山中去打猎。他闯进辉夜姬家,一看,只见一片光辉之中,坐着一个清秀美丽的女子。皇帝想,正是此人了,便向她走近去。这女子站起身来,逃向里面。皇帝走上前去,拉住了她的衣袖。女子就用另一衣袖来遮住了脸。但皇帝已经清楚地看到了她的相貌,被她的美丽所迷惑,如何肯离开她呢?他想就此把她拉出来。

这时辉夜姬开言道:"我这身体,倘使是这国土里生出来的,我就替你皇帝服役。可是我不是这国土里的人,你硬拉我去,是没有道理的呀!"

皇帝听了这话,说道:岂有此理!无论如何定要拉她出来。他传銮舆过来,想把辉夜姬拉到这车子里去。真奇怪,忽然辉夜姬的身体消失,影迹全无了!皇帝想:啊呀,这便完了!原来真如竹取翁所说,这不是一个普通的人。于是说道:"好,好,我不再想带你去了。你快回复原形,让我再看一看,我就回去了。"辉夜姬就现出原形。

皇帝看了辉夜姬的原形,恋情愈加热烈,不能自制。然而无论恋情如何热烈,现在已经毫无办法了。他便向竹取翁道谢,说竹取翁能让他看到辉夜姬,他很高兴,应予褒奖。竹取翁也很感谢,拿出酒食来招待皇帝的随从。

皇帝离开了辉夜姬回去，心里实在恋恋不舍，怀着郁郁不乐的情绪上了车。临行作诗一首送给辉夜姬，诗曰：

空归銮驾愁无限，
只为姬君不肯来。

辉夜姬回答他一首诗：

蓬门茅舍经年住，
金殿玉楼不要居。

皇帝看了这首诗，实在不想回去了。他的心掉落在这里，似乎觉得有人在后面拉住他的头发。然而，在这里宿一夜，到底不行。无可奈何，只得回驾。

自此以后，皇帝觉得经常在他身边侍奉的女子们，和辉夜姬一比，竟是云泥之差。以前所称为美人的，同辉夜姬比较起来，完全不足道了。

皇帝的心中，经常有辉夜姬的幻影留存着。他每天只是独自一人郁郁不乐地过日子。他意志消沉，不再走进皇后和女官们的房中去，只是写信给辉夜姬，诉说衷情。辉夜姬也写优美的回信给他。自此以后，皇帝随着四季的移变，吟咏关于种种美丽的花卉草木的诗歌，寄给辉夜姬。

九　天的羽衣

辉夜姬和皇帝通信，互相慰情，不觉过了三年。有一个早春之夜，辉夜姬仰望月色甚美，忽然异常哀愁起来，耽入沉思了。从前有人说过，注视月亮的脸是不好的。因此家人都劝辉夜姬不要看月亮。但辉夜姬不听，乘人不见，便又去看月亮，并且吞声饮泣。

七月十五日满月之夜，辉夜姬来到檐前，望着月亮沉思冥想。家人看见了，便去对竹取翁说："辉夜姬常常对着月亮悲叹。近来样子愈加特殊了。大概她心中有深切的悲恸吧。要好好地注意呢！"

竹取翁便去对辉夜姬说："你到底有什么心事，要如此忧愁地眺望月亮？你的生活很美满，并没有什么不自由呢。"

辉夜姬答道："不，我并没有什么特殊的忧愁和悲哀，只是一看到这月亮，便无端地感到这世间可哀，因而心情不快。"

竹取翁一时放心了。后来有一天，他走进辉夜姬的房间里，看见她还是愁眉不展地沉思冥想。老翁着急了,问她:"女儿啊!你到底在想什么?你所想的到底是怎样的事呢?"辉夜姬的回答仍然是:"没有,我并没有想什么,只是无端地心情不快。"老翁就劝她:"喏,所以我劝你不要看月亮呀!你为什么看了月亮就这样地默想呢?"辉夜姬答道:"不过,我难道可以不看月亮吗?"她还是照旧,月亮一出,她就到檐前去端坐着,沉思冥想。

所可怪者,凡是没有月亮的晚上,辉夜姬并不沉思默想。有月亮的晚上,她总是叹气,沉思,终于哭泣。仆人们看到了,就低声地议论,说姑娘又在沉思默想了。两老和全家的人,都毫无办法。

将近八月十五的一天晚上,月亮很好,辉夜姬走到檐前,放声大哭起来。这是从来不曾有过的事,她竟不顾旁人,哭倒在地。老公公和老婆婆吓坏了,连声问她为了何事。辉夜姬啼啼哭哭地答道:

"实在,我老早就想告诉你们的。只恐两老伤心,因此直到今天没有说出。然而不能永远不说出来。到了今天此刻,不得不把全部情况告诉你们了。我这个身体,其实并不是这世间的人。我是月亮世界里的人,由于前世某种因缘,被派遣到这世间来。现在已经是该要回去的时候了。这个月的十五日,我的故国的人们将要来迎接我。这是非去不可的。使你们愁叹,我觉得可悲,因此从今年春天起,我独自烦恼。"说罢,哭倒在地。

竹取翁听了这番话，说道："这究竟是怎么一回事！你原来是我从竹子里找来的。那时你真不过像菜秧那么大。现在怎样？现在养得和我一样高了。到底谁要来迎接你？不行不行，这是断然不可以的！"

接着，他大声号哭，叫道："要是这样，还是让我去死了吧！"这情景实在悲痛不堪。

但辉夜姬说："我是月亮世界里的人，在那里有我的父母亲。我到这国土里来，本来说是极短时间的。但终于住了这么长的年月。现在，我对月亮世界里的父母亲，并不怎样想念，倒是觉得此地驯熟可亲得多。我回到月亮世界去，一点也不觉得高兴，只是觉得悲哀。所以，并不是我有什么变心，实在是无可奈何，不得不去呀。"

于是辉夜姬和老翁一同哭泣。几个女仆长时间随伴着辉夜姬，回想这位姑娘，人品实在高尚优美，令人真心敬爱，现在听说要分别了，大家悲伤不堪，滴水也不入口，只是相对愁叹。

皇帝闻到了这消息，就派使者到竹取翁家来问讯。老翁出来迎接使者，话也说不出来，只是号啕大哭。老翁过度悲哀，头发忽然白了，腰也弯了，眼睛肿烂了。他今年只有五十岁[1]，由于伤心，忽然变老了。

---

[1] 前文言七十岁，此处言五十岁，想是作者笔误。

使者向老翁传达皇帝的话："听说辉夜姬近来常常忧愁悲叹，是真的吗？"

老翁哭哭啼啼地答道："多承皇帝挂念，实在很不敢当！本月十五日，月亮世界里要派人来迎接辉夜姬。我想请皇帝派一大队兵马来。如果月亮里那些家伙来了，就把他们抓住。不知可不可以？"

使者回宫，把老翁的情况和他的话全部奏告了皇帝。皇帝说："我只见过辉夜姬一面，尚且至今不忘。何况老翁朝夕看到她。如果这辉夜姬被人接去，教他情何以堪呢！"

到了这个月的十五日，皇帝命令各御林军，选出六个大军，共二千人，命一个名叫高野大国的中将担任钦差，领兵来到竹取翁家。

大军一到竹取翁家，便分派一千人站在土墙上，一千人站在屋顶上。命令家中所有的男仆，分别看守每一个角落。这些男仆都手持弓箭。正屋之中，排列着许多宫女，叫她们用心看守。老婆婆紧紧抱着辉夜姬，躲在库房里。老翁把库房门锁好，站在门前看守。

老翁说："这样守护，难道还会输给天上的人群吗？"又对屋顶上的兵士说："你们如果看见空中有物飞行，即使是很小的东西，也立刻把它射死。"兵士们说："我们有这么许多人看守，即使有一只蝙蝠在空中飞，也立刻把它射死，叫它变成干货。"老翁听了这话，确信无疑，心中非常高兴。

但辉夜姬说："无论关闭得怎样严密，无论怎样准备作战，但战争对那国土里的人是无用的。第一，用弓箭射他们，他们是不受的。再则，即使这样锁闭，但那国土里的人一到，锁自然会立刻开脱。这里的人无论怎样勇武地准备战争，但那国土里的人一到，个个都没有勇气了。"

老翁听了这话，怒气冲冲地说："好，等那些人来了，我就用我的长指甲挖出他们的眼球。还要抓住他们的头发，把他们的身体甩转来。然后剥下他们的裤子，教他们在这里的许多人面前出丑！"

辉夜姬说："唉，你不要这样大声说话。被屋顶上的武士们听到了，不是很难为情的吗？我辜负了你们长时间的养育之恩而贸然归去，实在抱歉得很。今后我倘能够长久地住在这里，多么高兴！然而做不到，不久我就非走不可了。这是可悲的事。我因为想起双亲养育之恩未报，归途中一定不堪痛苦，所以最近几个月来，每逢月亮出来，我就到檐前去请愿，希望在这里再住一年，至少住到年底。然而不得许可，所以我如此愁叹。使得你们为我担心，实在是非常抱歉的。月亮世界里的人非常美丽，而且不会衰老，又是毫无苦痛的。我现在将要到这样好的地方去，然而我一点也不觉得快乐。倒是要我离开你们两位衰老的人，我觉得非常悲恸，恋恋不舍呢。"说罢嘤嘤啜泣。

老翁说："唉，不要说这伤心的话了。无论怎样美丽的人来迎接你，都不要担心。"他怨恨月亮世界里的人。

这样那样地过了一会,已经将近夜半子时。忽然竹取翁家的四周发出光辉,比白昼更亮。这光辉比满月的光要亮十倍,照得人们的毛孔都看得清楚。这时候,天上的人乘云下降,离地五尺光景,排列在空中。竹取翁家里的人,不论在屋外或屋内的,看到了这光景,都好像被魔鬼迷住,茫然失却知觉,全无战斗的勇气了。有几个人略有感觉,知道这样不行,勉强拿起弓箭来发射。然而手臂无力,立刻软下去。其中有几个特别强硬的人,提起精神,把箭射了出去,然而方向完全错误。因此,谁也不能战斗,但觉神志昏迷,只得互相顾视,默默无言。

这时候,但见离地五尺排列在空中的人们,相貌和服装非常美丽,令人吃惊。他们带来一辆飞车。这车子能够在空中飞行,车顶上张着薄绸的盖。这些天人之中有一个大将模样的人,走出来叫道:"造麻吕,到这里来!"

刚才神气活现的竹取翁,现在好像喝醉了酒,匍行而前,拜倒在地。天人对他说道:"你好愚蠢啊!因为略有功德,所以我们暂时叫辉夜姬降生在你家。至今已有很长时间,而且你又获得了许多金子。你的境遇不是已经大大地好转、和以前判若两人了吗?这辉夜姬,由于犯了一点罪,所以暂时叫她寄身在你这下贱的地方。现在她的罪已经消除,我来迎接她回去。所以你不须哭泣悲叹。来,快快把辉夜姬还出来吧!"

老翁答道:"你说暂时叫辉夜姬降生在我家。可是我将她抚养成长,至今已有二十多年。大概你所说的辉夜姬,一定是降生在别处的另一个辉夜姬吧。"

他又说:"我这里的辉夜姬,现在患着重病,躺在那里,决不能出门。"

天人不回答他,却把那飞车拉在老翁家的屋顶上,叫道:"来!辉夜姬啊!不要只管住在这种污秽的地方了!"

这时候,以前关闭的门户,都自动地打开,窗子也都自己敞开了。被老婆婆紧紧地抱着的辉夜姬,此时翩然地走出来。老婆婆想拉住她,无论如何也拉不住,只得仰望而哭泣。老翁无可奈何,只是伏地号啕。

辉夜姬走近老翁身旁,对他说道:"我即使不想回去,也必须回去。现在请您欢送我升天吧。"

老翁说:"我这样悲恸,怎么还能欢送?你抛撇了我这老人而升天,叫我怎么办呢?还是请你带了我同去吧。"说罢哭倒在地。辉夜姬烦恼之极,不知怎样才好。

后来她对老翁说:"那么,让我写一封信留在这里吧。你想念我的时候,就请拿出这封信来看看。"说罢,便一面啜泣,一面写信。她的信上写道:

"我如果是同普通人一样地生长在这国土里的人,我一定侍奉双亲直到百年终老,便不会有今日的悲恸。然而我不是这样的人,必须和你们别离,实在万分遗憾!现在把我脱下来的衣服留在这里,作为我的纪念物。此后每逢有月亮的晚上,请你们看看月亮。唉!我现在舍弃了你们而升天,心情就像落地一样。"

于是有一个天人拿一只箱子来,箱子里盛着天的羽衣。另有一只箱子,里面盛着不死的灵药。这天人说:"这壶中的药送给辉夜姬吃。因为她吃了许多地上的秽物,心情定然不快,吃了这药可以解除。"便把药送给辉夜姬。辉夜姬略微吃了一点,把余下的塞进她脱下来的衣服中,想送给老翁。但那天人阻止她,立刻取出那件羽衣来,想给她穿上。

辉夜姬叫道:"请稍等一会!"又说:"穿上了这件衣服,心情也会完全变更。现在我还有些话要说呢。"她就拿起笔来写信。天人等得不耐烦了,说道:"时候不早了!"辉夜姬答道:"不要说不顾人情的话呀!"便从容不迫地写信给皇帝。信上写道:

"承蒙皇帝派遣许多人来挽留我的升天,但是天心不许人意,定要迎接我去,实在无可奈何。我非常悔恨,非常悲恸。以前皇帝要我入宫,我不答应,就因为我身有此复杂情节之故,所以不顾皇帝扫兴,坚决拒绝。实属无礼之极,今日回思,不胜惶恐之至。"末了附诗曰:

羽衣着得升天去,
回忆君王事可哀。

她在信中添加壶中的不死之药,将其交与钦差中将。一个天人便拿去送给中将。中将领受了。同时，这天人把天上的羽衣披在辉夜姬身上。辉夜姬一穿上这件羽衣，便不再想起老翁和悲哀等事。因为穿了这件羽衣能忘记一切忧患。辉夜姬立刻坐上飞车，约有一百个天人拉了这车子，就此升天去了。这里只留下老公公和老婆婆，悲叹号哭，然而毫无办法了。旁人把辉夜姬留下的信读给老翁听。他说："我为什么还要爱惜这条命呢？我们还为谁活在这世间呢？"他生病了，不肯服药，就此一病不起。

中将率领一班人回到皇宫，把不能对天人作战和不能挽留辉夜姬的情况详细奏明，并把不死之药的壶和辉夜姬的信一并呈上。皇帝看了信，非常悲恸，从此饮食不进，废止歌舞管弦。

有一天，他召集公卿大臣，问他们："哪一座山最接近天？"有人答道："骏河国的山，离京都最近，而且最接近天。"皇帝便写一首诗：

    不能再见辉夜姬，
    安用不死之灵药。

他把这首诗放在辉夜姬送给他的不死之药的壶中，交给一个使者。这使者名叫月岩笠。皇帝叫他拿了诗和壶走到骏河国的那座山的顶上去。并且吩咐他：到了山顶上，把这首御著的诗和辉夜姬送给他的不死之药的壶一并烧毁。月岩笠奉了皇命，带领大队人马，登上山顶，依照吩咐办事。从此之后，这座山就叫作"不死山"，即"富士山"。这山顶上吐出来的烟，直到现在还上升到云中，到月亮的世界里。古来的传说如此。

伊势物语

第一话

    从前有一个男子,方始束发加冠之年,因在奈良都春日野附近的乡村中有自家的领地,所以到那地方去打猎。在这乡村里,住着高贵而美貌的姐妹两人。这男子就在墙垣的隙缝中窥看她们。想不到在这个荒凉的乡村里,无依无靠似的住着这么两个美人,他觉得奇妙,心中迷惑不解。就在自己的猎装上割下一片布,在布上写了一首歌,送给这两个女子。此人穿的是信夫郡出产的麻布制的猎装。歌曰:

    谁家姐妹如新绿,
    使我春心乱似麻。

年纪还很轻,而说话全是大人口气。
    那两个女子,大概也觉得这样地咏歌是富有趣味的吧。
    从前有一首古歌:

君心何故如麻乱,

我正为君梦想劳。

上文的歌,是巧妙地运用这古歌的意思吟成的。

从前的人,虽然年纪很轻,却会试行即兴地表现风流情怀。

第二话

从前有一个男子,在那时候的奈良都,当地居民已经迁走;这新的平安都,家屋还没有建设完整。有一个女子住在这新的西京。这女子的性情和容貌,都比世间一般女子优秀。而且除了容貌美丽之外,另有一种高雅的气品。此人似乎已有情郎,并非至今还独身的。这男子对她有真心的爱,去访问她,谈了种种话。回去之后作何感想呢?他送了她这样一首歌,时在三月初头,正是春雨连绵的日子:

不眠不坐通宵恋,
春雨连绵镇日愁。

第三话

从前有一个男子,他把一些制鹿尾菜[1]用的海藻送给他所恋慕的女子,附一首歌:

若教能免相思苦,
枕袖卧薪亦不辞。

这是二条皇后尚未侍奉清和天皇而还是普通身份的女子时的事。

---

[1] 日语"鹿尾菜"与"枕袖"发音相似。

第四话

从前,皇太后住在东京的五条地方。其西边的屋子里住着一个女子。

有一个男子,并非早就恋慕这女子的,只因偶然相遇,一见倾心,缠绵日久,终于情深如海了。不意那年正月初十过后,这女子忽然迁往别处去了。

男子向人打听,得悉了女子所住的屋子。然而这是宫中,他不能随便前往寻访。这男子就抱着忧愁苦恨之心度过岁月。

翌年正月,梅花盛开之际,这男子想起了去年之事,便去寻访那女子已经迁离了的西边的屋子,站着眺望,坐着凝视,但见环境已经完全变更。

男子淌着眼泪,在荒寂的屋檐下,横身地面上,直到凉月西沉,回想去年的恋情,吟成诗歌如下:

月是去年月,春犹昔日春。

我身虽似旧,不是去年身。

到了天色微明之时,吞声饮泣地回家去。

第五话

从前有一个男子,他和住在东京的五条地方的一个女子私通。本来是未得父母许可的偷情,所以不能公然地走进门去,而是从乡间孩子们踏破了的泥墙的缺口处爬进去。这地方本来不大有人看见,但次数多了,女子的父母有了风闻,便在这恋爱的通路上每夜派人值班戒备。那男子去访,不能逢到所恋的女子,只得折回。他悲戚地咏这样一首歌:

  但愿墙阴巡守者,
  连宵瞌睡到天明。

那女子闻知了,怨恨父母无情。但是后来,父母大约是可怜他们吧,允许他们会面了。

第六话

从前有一个男子,他和一个决不能公开结婚的女子私通,持续了好多年。这女子也并不嫌恶这男子。因此这男子终于和女子约通,在某一天黑夜里把她偷出来,相偕逃走了。他们沿着一条名叫芥川的河的岸边走去,女的看见路旁的草上处处有露珠闪闪发光,便问男的:"那些是什么东面呢?"然而前途辽远,而且夜已很深,因此男的没有答话的余裕。

这期间忽然雷声轰响,大雨倾盆。男的看见这地方有一所荒芜了的仓屋,不知道这里面有鬼,把女的隐藏在屋里了,自己拿着弓,背着箭壶,站到门口。他一心希望天快点亮才好。这期间鬼早已把女子一口吞食。那女子大叫一声"啊呀!",然而这声音被雷声掩盖,男的没有听到。

好容易雷雨停息,天色渐明。男的向仓屋中一看,不见了他所带来的女子。他捶胸顿足地哭泣,然而毫无办法了。于是他咏诗一首:

问君何所似，白玉体苗条。

君音如秋露，我欲逐君消。

　　说明：这是二条皇后在她的当女御的堂姐宫中当侍从时的事。这二条皇后气品高尚，容貌美丽，因此有一个人背负了她，逃出宫去。她的哥哥堀河大臣藤原基经及其长子国经大纳言，那时候身份还低微，这一天进宫去，在途中听见一个女子痛哭的声音，便把她唤回来，一看，原来这女子是他的妹妹，便把她带了回去。前文说有鬼，便是暗指此事。这时候这二条皇后年纪还轻，还是普通人身份。[1]

---

[1] "堂姐女御"——藤原良房的女儿明子，是文德天皇的女御，清和天皇的母后。这物语是想象性的。国史大辞典中说："在原业平看见良房欲将高子（二十二岁）送入宫中去当清和天皇（十四岁）的后室，欲设法拦阻，便和高子私通，诱她到五条宫来，出奔宫外。基经（良房之养子，高子之兄）等大怒，把业平的发髻剪去，驱逐到东郡。"——原注

第七话

从前有一个男子,他在京都住不下去了,便迁居到遥远的东国去。道经伊势和尾张之间的海岸时,眺望雪白的波浪,咏歌如下:

> 追思往昔哀愁重,
> 浪去重回羡慕深。

第八话

　　从前有一个男子，他认定自身在京都是个无用之人，不想再住下去，便希望到寂寥的东国去找求自己可住的土地，出门旅行去了。他在途中眺望信浓国的浅间岳上升起的烟云，咏歌如下：

　　　　信浓山下青烟起，
　　　　远国行人入眼愁。

　　原有一两个朋友相偕一同旅行，然而没有一个人能充当赴东国的领路人，前途茫茫地一路行去，信步走到了三河国的一个叫作八桥的地方。
　　这八桥地方，河水正像蜘蛛的脚一般分流，河上架着八座板桥，因此名为八桥。水边的树荫之下，有一伙人下马坐地，嚼着乏味的干饭。水边有美丽的燕子花迎风招展地开着。其中

有一个人看见这花,说道:"我们用和歌来吟咏旅途的心情吧。"他就吟道:

　　抛却衣冠与爱侣,
　　远游孤旅好凄凉。

于是诸人心中都涌起思念京都的恋情,流下泪来。膝上的干饭被眼泪润湿了。

自此继续旅行,来到了骏河国。

他们向着那有名的宇津山行进。眺望前途,但见此后即将步入的山路上,树木繁茂,天光阴暗,道路渐渐狭小,外加茑萝藤蔓繁生,使人不知不觉地胆怯起来,觉得这真是意想不到的穷途。

此时,对面有一个山中隐士走来,叫道:"你们为什么走到这深山中来?"诸人吃了一惊,仔细看看,这山中隐士原来是在京都时曾相识的。于是写了一封信给片刻不忘的都中的恋人,托这山中隐士设法送去。

信中有歌曰:

　　寂寂宇津山下路,
　　征夫梦也不逢人。

仰望富士山，在这炎暑的五月中，顶上还盖着白雪。便咏歌曰：

富士不知时令改，
终年积雪满山头。

这富士山，如果拿都中的山来比较，其大小足抵得二十个比睿山。形状像个晒盐的沙塚，实甚美观。

再继续旅行，来到武藏野和下总交界处的大河边。大河名叫隅田川。

这男子和人们一起站立在河岸边，回想过去，好容易来到这遥远的地方。正在亲切地共话之时，一个船夫叫道："喂，请你们快上船吧，天已经黑了呢！"被他一催，大家都上了船。然而大家满怀旅愁，在抛舍了的京都中，毕竟都有难忘的人，因此各人都在心中愁叹。

正在这时候，忽见一只白色的水鸟，在水上游来游去捕鱼。这水鸟全身雪白，只有嘴和脚红色，身体有鹬鸟那么大。在京都看不到这种鸟，因此没有一个人知道这是什么鸟。这男子便问船夫，船夫答道："这就是那个……那个叫作都鸟的呀。"男子便咏诗道：

都鸟应知都下事，

　我家爱侣近如何？

船里的人听了这诗歌，都流下泪来。

第九话

　　从前有一个男子，流浪到武藏国地方，和当地的一个女子发生了爱情。女子的父亲说要把女儿嫁给别的男子；母亲呢，一心想找求一个品性良好而身份高贵的女婿。这是因为：父亲本是普普通通的人，而母亲则是当时有名的藤原氏血统的女子。因此之故，母亲希望把这个上品的从京都流浪来的男子招为女婿。她就写了这样一首诗歌，送给未来的女婿。这人家所住的地方，叫作入间郡吉野里：

　　　　吉野田中雁，忠诚一片心。
　　　　也知怜上客，翘首向君鸣。

　　于是未来的女婿答诗道：

吉野忠诚雁，声声向我鸣，
　　我心非木石，永远不忘情。

这男子来到这遥远的乡村里，也不断地逢到这种风流事。

第十话

从前有一个男子,旅行到了东国地方,旅途中吟一首诗,寄给京都的朋友,诗曰:

　　虽隔云程路,两情永不忘。
　　愿如天际月,常出自东方。

第十一话

从前有一个男子,他偷偷地把人家的一个女儿诱拐出来,带着她逃到了武藏野。这男子不能说是真正的盗贼,然而这毕竟是盗贼的行为,因此当地的巡逻者把他抓住了。这男子是在把女子隐藏到草丛中以后自己逃出来才被抓住的。有几个人不知道男子已被抓住,继续到路上来寻找。他们说:"这原野中一定有盗贼躲着。"想把草丛烧着,以便赶他出来。隐在草中的女子听到了,唱出一首诗歌:

　　今朝请勿烧枯草,
　　我与情郎伏草中。

人们听见了歌声,便把女子抓住,和以前抓住的男子一并拉了回去。

第十二话

从前有一个流浪到武藏野尽头的男子,写一封信给他从前亲近的一个京都女子,信中写道:"明言难为情,不言不放心。我好苦闷也。"下面署名只是"独身的鐙"数字。此后便音信全无了。那京都女子咏了这样一首诗寄给他:

既将心相许,此外复何求?
无信心悲戚,有书亦惹愁。

男子看了这诗,觉得痛苦不堪,便咏了如下的诗:

有信君多语,无书我如仇。
人生当此际,一死便甘休。

第十三话

从前有一个男子，无端地流浪到遥远的陆奥国地方，这地方有一个女子，大概她认为京都的男子是可贵的吧，一直对他表示恋慕的态度，咏诗曰：

切莫殉情死，应同蝶舞双。
平生欢聚处，无限好风光。

这女子不但人品粗俗，连所咏的诗歌也乡气。但这男子大概是可怜她吧，竟来到她家里，和她共衾同枕了。天还没有亮，男子就起身要回去。女子便咏惜别的诗：

恶鸡啼夜半，催走我情郎。
待到天明后，定将水桶装。

但这男子不管它，过了若干时，终于回京都去了，临行时写一首诗送给女子：

青松生草野，不解化人身。
安得同车去，相将赴上京？

但那女子不懂得诗的意义，高兴得很，常常对人说："他在想念我。"

第十四话

从前有一个男子来到奥州,和一个毫不足取的人家的女儿私通了。说也奇怪,这女子完全不像一个乡下姑娘,似乎是有来历的。他就咏诗道:

何当潜入君心里,
窥见灵台底奥深。

那女子觉得这男子的人品和诗歌都无限优美,然而此身住在这毫不足道的野蛮地方,无可奈何,谦抑为怀,不敢和诗。

第十五话

　　从前有一个叫作纪有常的人,曾经侍奉三代天皇,享受过荣华的日子。但到了晚年,随着时势的推移和权力的变迁,渐渐不遇,零落到了比普通宫廷人员还不如的地位。他的人品优美高尚,爱好风雅,不同凡俗。虽然生活贫困,还是怀着从前荣华时代的心情,不懂得处世之道。因此,和他常年相伴的妻子对他的爱情淡薄起来,终于出家为尼,移居到以前就当尼姑的姐姐那里去了。

　　这女人的性格如此。所以有常和她表面上虽然至今不曾真心地亲睦相处,然而到了她要出家的时候,回想起长年的往昔,不免发生哀愁之感。他想有所表示,但因贫乏,钱别也办不到。考虑的结果,写一封信给近来亲近的朋友,信中写道:"因此之故,我妻终于出家了。我连表示一点心迹也办不到,就此送她出去,不胜遗憾之至。"末了附一首歌:

结发共处情长久,
　　屈指于今四十春。

朋友看了这封信,觉得可怜,便给他送去许多衣服和被褥,附诗歌一首如下:

　　共处长年过四十,
　　夫人几度感君情?

有常大喜,咏诗道:

　　羽衣应是君家物,
　　下赐荆妻不敢当。

他以不胜感谢之情,又加咏一首:

　　秋来霜露浓如许,
　　感激涕零袖不干。

第十六话

有一个长久不曾来访的人,在樱花盛开的时候来看花了。附近人家的女主人咏一首歌送给他:

　　樱花自昔易消散,
　　今朝留待偶来人。

这来客回答她一首歌道:

　　今朝过后飘香雪,
　　不会消融定是花。

第十七话

从前有一个性情有些浮躁的女人,她家附近住着一个男子。这女子设想那男子是好色而善于吟诗的,想试试他的风情看。便折取一枝稍稍开过了的菊花送给他,添附一首歌道:

　　白菊原来同白雪,
　　如今衰退泛红晕。

这客人和她一首歌道:

　　白菊泛红如蒙雪,
　　折花人袖正如花。

第十八话

从前有一个男子，此人和在宫中任职的某贵妇人家的一个侍女相亲爱。但不久两人就分别了。然而同在一个地方当差，所以女的每天看到这男子。可是这男子竟莫知莫觉，似乎不知道那女子是在这里的。女子便咏一首歌送给他：

　　可怜疏隔云天远，
　　注目遥看欲语难。

男子和她一首道：

　　去来倏如行云过，
　　只为山中有暴风。

这是表示怀恨。因为这女子原是一个风骚女子，有着许多情郎。

第十九话

　　从前有一个男子,看见一个住在大和国里的女子,寄予相思,互相订交,成了夫妇。在同居期间,男的因为是在宫中供职的,不能常住在此,便别却这女子,回京都去了。时在暮春三月,此人在归途中看见柔嫩的枫树红而美,便折取一枝,添附在一首歌上,从途中托人送给这大和的女子,歌曰:

　　　　为汝一枝亲手折,
　　　　春红凄艳似秋枫。

　　此人回到了京都,这女子派使者送他一首和歌:

　　　　何时移变成秋色?
　　　　料想君家无有春。

第二十话

从前有一个男子和一个女子,两人情投意合,世无伦比,一向毫无浮薄之心。但不知怎的,为了秋毫之末似的一点感情冲突,那女子感到夫妇生活的痛苦,决心脱离家庭。她临行时在室中某处题了这样的一首歌:

出走人言心轻率,
闺房隐事有谁知。

然后出走了。那男子看到了她遗留着的歌,怪她为什么要这样,左思右想,无论如何也想不出其理由来。他啼啼哭哭地走到门口,向这边望望,向那边望望,不知道应当到哪里去找她。没有办法,只得回进屋里,咏了这样一首歌,沉入深思中了:

相望相思空自苦，
莫非怪我早离心？

接着又咏一首歌道：

离家是否还思我？
面影长留我眼前。

此后这女子一直不回家来。但是日久以后，大约是忍不住了吧，咏了这样一首歌托人送来：

久别终当思旧梦，
莫叫忘草植君心。

那男子就回答她一首歌：

闻道卿心栽忘草，
浑忘旧怨我心安。

不久这女子就回来，夫妇之间的感情比以前更加深切了。但那男子咏歌道：

恐君又将遗忘我，

比昔离居更可悲。

那女子回答他一首歌，诉说她的苦心。歌曰：

我欲投身云海外，

销声匿迹免君疑。

不久，两人各自另外找到了配偶，又疏远了。

第二十一话

从前有一个女子,并无什么缘故,和男子断绝了关系。然而还是不能忘情,咏一首歌曰:

人虽可恨终难忘,
一半恩情一半仇。

她把这首歌折好,放在家里,然后出走了。既而又想:不知男的有否看到这歌,我原是想惩戒他一下的,便再咏一首诗曰:

不作巫山会,神交自怡悦。
犹如岛旁水,既分终当合。

这天晚上她就回家去,和男的共衾同枕了。寝后两人交谈

过去未来之事,直到天明。男的诚恳地咏一首诗:

但愿秋宵永,千宵并一宵。
八千宵共度,别恨始全消。

女的回答他一首歌:

纵使千宵成一夜,
谈情未了晓鸡鸣。

男的觉得这女子比以前更加可爱了,便继续和她做夫妻。

第二十二话

从前,有一个在农村耕作度日的人,家里有一个男孩。这男孩和邻家一个女孩为游钓伴侣,常在井户旁边一起玩耍。但是随着年龄的长大,男的和女的逐渐疏远,相见时都觉得难为情了。然而男的决心要娶这女子,女的也倾心于这男子,父母们向他们提出别的亲事,他们听也不要听。

有一天,男的咏了这样一首诗送给女的:

当年同汲井,身似井栏高。
久不与君会,井栏及我腰。

女的和他一首诗道:

当年初覆额,今日过肩身。
此发情谁结,除君无别人。

后来两人终于如意称心地结婚了。

过了若干年月，女子的父母都死了，生计渐渐困难。女的无可如何。男的以为既然身为男子，不能和女的一起度过清苦的生活，便到各处去经商。这期间他在河内国的高安里地方结识了第二个恋人。

虽然如此，本来的妻子对他并不表示怨恨之色，每次总是热心地替他准备行装，送他出门。于是男的起了疑心：莫非这女子有了外遇，所以巴不得我出门？有一天，他装作赴河内去，却躲在庭中的树荫里窥探情况。但见这女子浓妆艳饰，愁容满面地站在门口向外眺望，吟唱这样的诗句：

　　立田山下终朝寂，
　　暗夜夫君独自行。

男的听到了这诗句，觉得这女子无限地可怜，此后极少到河内去了。

有一次，他又到河内高安里那女子的家里，但见她不像从前那样装扮得齐齐整整，而是没精打采地把头发胡乱卷起，拉长了面孔，变成一个令人讨厌的女子，正在自己拿着勺子把饭盛进碗里去。男子看到了这模样，觉得无聊之极，此后不再到她那里去了。

于是这高安里女子向大和方向遥望,吟诗曰:

　　欲向生驹山,遥望大和国。
　　山雨带云来,勿隐山形迹。

她唉声叹气地等待,希望这大和男子会再来。她满心欢喜地等待,但每次都是空欢喜。于是又吟诗曰:

　　夜夜望君来,不见君形影。
　　徒怀空欢喜,恋恋待日暝。

男的终于不再来访了。

第二十三话

从前有一个男子,和一个女子住在偏僻的乡间。男的说要到京都去入宫供职,向女的依依不舍地告别,出门去了。一去三年,音信全无。女的等得十分厌烦。这时候有一个人亲切地来慰问她。这女子被他的诚意所感动,便同他订约:"那么今晚我们相会吧。"但是这天晚上,前夫突然回来了。他敲门,叫道:"把门儿开开!"但女的不开门,咏了一首歌塞出去给他:

坐待三年音信杳,
只今另抱琵琶眠。

男的回答她一首诗曰:

弓有各种弓,人有各种人。
请君爱此人,似昔我爱君。

他想走了,女的答他一首歌曰:

不管他人容我否,
我心自昔只依君。

但男的径自回去了。女的满怀悲恸去追他,但追不着,在清水流着的地方跌倒了。她就咬破手指,用血在那里的岩石上写一首诗道:

不解余心素,离家岁月迁。
留君君不住,我欲死君前。

这女子就在那地方徒然地死去了。

第二十四话

从前有一个男子,恋慕一个女子。这女子不愿意和他同居,但并不坚决谢绝,却用言语举动来暗示。男的便送她一首诗曰:

秋晨行竹籔,两袖露滂沱。
不及孤眠夜,衣襟热泪多。

这风流女子回答他一首诗曰:

我身非俗物,君岂不知情。
夜夜空来往,怜君太苦辛。

第二十五话

　　从前有一个男子，恋慕一个住在五条地方的女子，然而终于不能到手。他的朋友同情他，来安慰他说："听说你终于不能得到那个女子，我很同情你呢。"

　　这男子咏一首诗来回答这朋友，诗曰：

　　　　不料君相慰，感恩涕泪流。
　　　　流多如海岸，潮涌大唐舟。

第二十六话

从前有一个男子,到一个女子家里只宿一夜,不再去了。女子的母亲非常愤怒,等女儿早上起来盥洗的时候,走过去拿起她盖在脸盆上的竹席子,把它丢掉了。女儿哭起来。她无意中看见哭泣着的自己的面貌反映在水盆里,就咏一首诗:

唯我多愁思,人间无等伦。
岂知清水下,更有一愁人。

那个不再来的男子听到这首诗,和她一首道:

青蛙无友谊,也解共同鸣。
照影盆中者,多半是我身。

第二十七话

　　从前有一个女子,厌恶她的男子,出家而去。男的无可奈何,咏了这样一首歌:

　　　　山盟海誓应犹在,
　　　　何故相逢似此难?

第二十八话

从前,皇太子的母后的宫女[1]在樱花贺宴上招待许多官人的时候,有一个近卫府的官人[2]咏了这样一首诗:

年年花共赏,常恨太匆匆。
今岁看花日,此情特别浓。

---

[1] 皇太子的母后的宫女,乃暗指清和天皇的宫女,即二条皇后高子。——原注
[2] 近卫府的官人,近卫是宫中的武官。乃暗指在原业平。——原注

第二十九话

从前有一个男子，咏了这样一首歌，送给他偶然遇见过一次的女子：

相见匆匆如短梦，
君心虽苦似长绳。

第三十话

从前,有一个男子在宫中,经过一个身份相当高的宫女的房间门口时,听见这宫女在说话:

"好吧!忘记了我而专向别人通情的男子,不久就要像草叶一般枯死在霜露之下,我也只得冷遇他了。"

她大约是有所怨恨而说这话的。这男子听见了这话,即刻咏诗曰:

我身无罪怨,谴责太无情。
不久君被弃,心头忘草生。

这宫女听见了这首诗,觉得可憎。

第三十一话

从前有一个男子,曾经和一个女子亲切地立下盟誓,但是隔绝了好几年。他咏一首诗曰:

旧日恩情重,往来密似梭。
安能今返昔,欢叙似当初。

那女子大约没有发生什么感情吧,连答诗也没有给他。

第三十二话

从前有一个男子,和住在摄津国菟原郡的一个女子通情。这女子察知这男子正在考虑,今后倘回京都去,大概不会再到这地方来,她就怨恨这男子无情。男的咏了这样一首诗送给她:

可恨情难忘,思君多苦辛。
形同石矶岸,芦密满潮生。

女的回答他一首歌道:

君心深似江湾水,
舟楫如何测得来?

一个乡下女子咏这样的歌,是好的呢,还是坏的呢?总之是无可非难的吧。

第三十三话

从前有一个男子,咏了这样一首诗,送给一个无情的女子,诗曰:

　　欲说无由说,不言心更焦。
　　此时情绪恶,愁叹到深宵。

这是真正难于忍受而咏的诗吧。

第三十四话

　　从前有一个男子,由于漫不经心,和一个所欢的女子断绝了往来,咏了这样一首诗送给她:

　　　　巧结系明玉,虽宽永不松。
　　　　犹如君与我,别后必重逢。

第三十五话

　　从前有一个男子,长久不去访问所欢的女子了。这女子怀恨在心,推想他如此疏远,大概是已经忘记我了吧。那男子就咏了这样一首诗送给她:

　　　　蔓草生幽谷,连绵上顶峰。
　　　　两情长好合,应与此相同。

第三十六话

从前有一个男子，和一个多情女子相亲爱。他看见这女子如此风骚，颇有些儿不放心，便咏了这样一首诗送给她：

君如牵牛花，未晚即变色。
勿为外来人，漫解裙带结。

那女子回答他一首诗道：

共绾合欢带，同心结已成。
除非君欲解，不把带轻分。

第三十七话

　　从前有一个男子,因为他所亲爱的朋友纪有常到别处去,久不归来,便咏了这样一首诗送给他:

　　　　久待无消息,翘盼多苦心。
　　　　世人谈恋爱,恐是此心情?

　　纪有常回答他一首诗如下:

　　　　平生无恋爱,不解此中情。
　　　　不料君相问,安能指教君?

第三十八话

从前有一位西院天皇,他的皇女名叫崇子。

这皇女死了。举行葬仪的晚上,住在宫邸邻近的一个男子,想看看送葬的仪式,搭在一辆女车中出发了。

等候了很长的时间,灵柩的车子还不出来。这男子只是表示了哀悼之意,不想参观了,便准备回去。这时候,天下有名的滑稽家源至也来参观。他看见这边的车子是女车,便走近去,说些调笑的话。源至最爱看女人,便拿些萤火虫投进女车中去。

车中的女子想:"萤火的光,照不见我们的姿态吧。"想把萤火虫赶出去。这时候同乘的那个男子就咏一首诗送给源至,诗曰:

柩车深夜出,断送妙龄人。
可叹灯油尽,愁闻哀哭声。

源至回答他一首诗曰：

　　柩车行渐远，忍听哭号啕。
　　不信芳魂游，也同灯火消。

作为天下第一的滑稽家的诗歌，未免太平凡了吧。

第三十九话

　　从前有一个男子，爱上了他母亲使唤着的一个姑娘，一个相貌不很难看的少女。但他的母亲是一个精明的人，担心着长此下去，两人互相思慕，也许会变成不能分离的关系，便想把这少女遣送到别处去。她心中虽然这样想，但是暂时不动，看看样子再说。

　　这男子原是个孝顺儿子，没有反对父母的勇气，不能阻止母亲的行事。那少女是卑贱的仆役身份，当然没有抗拒主人命令的力量。在这期间，两人的相思愈加深切起来。于是母亲连忙驱逐这少女。那男子流着血泪叹息，没有办法挽留她。不久这少女被人带着出门去了。她咏了一首歌，托送她的人带回来给那男子：

　　　　欲知送我行何处，
　　　　森森泪川无尽时。

男的看了，哭哭啼啼地咏一首歌道：

昔时相恋无穷苦，
今日分离苦更多。

咏罢之后便断气了。母亲看到了，非常吃惊。她平日看这儿子不起，常常喋喋不休地骂他，想不到竟闹出这样的事情来。但儿子确已断气，母亲慌张不堪，连忙求神拜佛。结果是当天傍晚断气，到了次日黄昏戌时才苏醒过来。

从前的青年，如此拼着性命热衷于恋爱。当世年长的人，也不能有这样纯洁的至情。

第四十话

从前有姐妹两人，一人的丈夫身份低微而家道贫困，另一人则嫁了一个身份高贵而财产丰厚的丈夫。丈夫身份低微的那个女子，于十二月三十日，为了丈夫没有新年穿的新衣，无可奈何，只得把旧的外衣亲自浆洗。她原是很小心的，但因不惯于做这种苦工，浆的时候把这外衣的肩头弄破了。这女子毫无办法，只有哭泣。那个身份高贵的男子闻知此事，非常可怜她，立刻找出一件漂亮的绿色的外衣来，送给这女子，附一首歌曰：

一样紫丹皆可爱，
一家姐妹本同根。

古歌有云："紫丹开遍武藏野，一枝可爱万枝娇。"他那首诗想必是根据这古歌而作的。

第四十一话

　　从前有一个男子,他明知某女子性情风骚,却和她亲爱。但这女子也自有其长处,并不十分令人讨厌,所以这男子始终和她通情。然而因为这女子生性如此,所以他还是很不放心。但已经结了不解之缘,总是每晚去访。后来有两三天,因有事故,不曾去访,便咏了这样一首诗送给这女子:

　　　　君家常出入,足迹宛然留。
　　　　不悉分携后,有人重踏否。

他因为怀疑这女子的心,所以咏了这样的诗送她。

第四十二话

从前有一位亲王，叫作贺阳亲王。这亲王可怜那些当差的女子，对待她们非常和蔼。因为如此，自然有许多优秀的侍女来服侍他了。其中有一个特别引人注目的妙龄女子。男人们当然不能无动于衷。有一个最早和她通情的男子，以为这女子只有他一个情人，岂知并不如此，另有一个男子，在很久以前早已和她发生亲密的关系了。这男子闻知此事，写了一封异常痛恨的信给她，并在信中画一只杜鹃，附一首歌道：

杜鹃处处娇声啭，
可爱时多恨亦多。

那女子为欲安慰这男子，回答他这样一首歌：

徒有娇声非取媚，
请君勿怨我多啼。

这时候正好是杜鹃啼彻的五月中，男的便也回答她一首歌道：

但得我乡声不绝，
飞鸣处处也无妨。

第四十三话

从前有一个男子,他替一个将赴外地任职的人置酒饯别,把这人请到他家里来。因为两人是知己朋友,所以叫他的妻子也入座劝酒,并且送朋友一套女装。此时主人咏一首诗,写在纸上,结在送朋友的衣服的腰带上。诗曰:

　　此日君当去,解袍为饯行。
　　祝君风帆顺,愿我也安宁。

第四十四话

从前有一个富裕人家的女子，是在父母的宠爱之下成长起来的。她爱慕一个男子，想把心事告诉父母，但是不便开口。这女子终于生病了。到了濒死的时候，她才把如何恋慕的情况告诉了乳母等人。父母听到了，流着眼泪，派人去通知那个男子。然而这女子终于死了。于是男的立刻来到女子家里，无可奈何，只有替这女子服丧。

这正是六月底盛暑的时候。晚间演奏管弦乐，以慰女子的亡魂。夜深之后，凉风渐渐吹来。许多萤火虫乘着夜风在高空中飞行。那男子躺在席上眺望流萤，咏这样一首诗：

　　流萤云际去，传告我仙姬：
　　夜界秋风爽，芳魂请早归。

接着又咏一首诗：

夏日长难暮,荒居整日愁。

无端悲思涌,蹙损两眉头。

第四十五话

　　从前有一个男子,和一个朋友非常亲爱,互相怀念,一刻也不能忘记。但这朋友要到远方去旅行了,这男子无法挽留他,只得和他道别。过了若干时候,朋友从旅途中寄一封信来,信中说道:

　　"不知不觉之间,相别已历多时。足下能无相忘乎?思慕之情难堪,真乃可怜之至。原来人之性情,不论交谊何等深厚,阔别多年,势必两相遗忘也。"

　　这信中有怀恨之意。那男子便回答他一首歌:

　　　　分携虽久无时忘,
　　　　面影长留我眼前。

第四十六话

从前有一个男子,恋慕一个女子,希望和她相会。但那女子一向闻知这男子常常变心,所以每次都给他冷淡的回信。后来她咏了这样一首歌送给他:

　　闻道君家多粉黛,
　　钟情到我我无情。

那男子回答她一首歌道:

　　粉黛虽多皆草草,
　　终当归结到君身。

第四十七话

从前有一个男子,办了酒席替一个朋友饯行,但这朋友迟迟不来。他咏了这样一首诗:

盼待心焦灼,今朝我始知。
从兹访女友,一定不延迟。

第四十八话

从前有一个男子,看见自己的妹妹正在弹琴,容貌非常美丽,便咏诗曰:

柔嫩如春草,青青太可怜。
他年辞绣阁,知傍阿谁边。

妹妹回答他一首诗道:

将我比春草,斯言太不伦。
阿兄真可笑,信口作评论。

第四十九话

从前有一个男子,他所认识的一个女子怨恨他,说他浮薄。他也怨恨那个女子,说她自己才是浮薄,送她一首歌道:

浮薄女郎如有信,
百枚鸡卵可堆高。

那女子回答他一首诗道:

朝露虽消散,尚余几滴存。
茫茫浮世上,哪有万全人。

男的又送她一首歌道:

荡妇心情如可靠,

樱花经岁不凋零。

女的再回答他一首诗道:

若遇无情者,殷勤白费心。
犹如流水面,挥笔写书文。

这男女两人互相计较浮薄,各不相让。所咏的想必是偷情赴约期间的心情吧。

第五十话

　　从前有一个人在庭院里的树木丛中种菊花。有一个男子为他咏一首诗：

　　　　黄菊殷勤植，无秋不发花。
　　　　花虽易散落，根柢永含葩。

第五十一话

从前有一个男子,他的一个亲爱的朋友,于五月五日端午节上,送他一些用菖蒲叶包成的粽子。他回敬他一只雉鸡,附一首歌道:

君采菖蒲行沼地,
我为猎雉走荒郊。

第五十二话

　　从前有一个男子，想和一个女子相会，总难成功，后来好容易成功了。两人謦谈胸中的积愫，直到报晓的鸡叫了。这男子便咏一首诗：

　　　　何故鸡鸣早，残灯尚未消。
　　　　情长谈不了，还道是深宵。

第五十三话

从前有一个男子,咏一首诗送与一个无情的女子,诗曰:

现世无由见,除非梦里逢。
醒来襟袖湿,疑是露华浓。

第五十四话

　　从前有一个男子，日来恋慕一个女子，但终于不能到手。他就咏这样的一首诗：

　　　　芳情不属我，我已早灰心。
　　　　忽忆温柔语，希望一线存。

第五十五话

　　从前有一个男子,恋慕一个女子,睡着也想她,起来也想她,终于不能忍受,咏这样一首歌:

　　　　我袖虽非秋草薮,
　　　　泪珠如露湿通宵。

第五十六话

　　从前有一个男子,恋慕一个身份高贵的女子,秘密不敢告人。但无论如何难于接近她。他就咏一首诗,托人送给这女子。诗曰:

　　　　片面相思久,心中隐痛深。
　　　　如虫宿水藻,暗里自丧生。

第五十七话

　　从前有一个不结人缘而好色的男子，在山城国乙训郡的旧都长冈地方，盖几间屋子居住着。他的贴邻，是某贵妇人之家，家中有十几个侍女。这是农村地方，有一天这男子吩咐仆人们到田间去割稻，对他们作种种指示。那些侍女看见了，故意和他开玩笑，嘲笑他道："看呀，这个好色专家在干这种事情呢！"便成群地闯进他家里。这男子狼狈起来，逃进里面的房间里去了。其中有一个侍女咏一首歌来嘲笑他，歌曰：

　　　　百年老屋荒凉极，
　　　　人影全无死气沉。

　　于是大家在他家里坐下来。
　　那男子从里面房间里回答她一首歌道：

蓬门败壁荒凉极，
　　鬼怪成群闯进来。

　　侍女们对他说道："来，请你走出来。我们帮你拾落穗去。"那男子回答她们一首歌道：

　　见说饥人欲拾穗，
　　　我当相助赴田边。

第五十八话

从前有一个男子,不知怎的厌恶都市生活,想从京都移居到东山去,咏了这样一首诗:

久厌京尘扰,今朝赴远方。
隐身山泽里,何处有云房?

在这时候,这男子不知考虑什么重大心事,忽然差点断气了。旁人连忙在他额上浇些冷水,悉心看护,好容易把他救活。他就咏一首诗:

醍醐灌我顶,额上露珠凝。
莫是天河畔,仙槎棹水淋。

他终于没有死。

第五十九话

从前有一个男子,因为在宫中任职,事务繁忙,自然和他的妻子疏远了。另有一个男子对他的妻子说:"我是真心爱你的。"她就跟着他逃到远方去了。

后来,这男子当了天皇的敕使,到宇佐八幡宫去。闻知这女子已经当了接待敕使的吏目的妻子。这男子便对那吏目说:"我要请你家夫人来行酒,否则我便不饮。"这后夫无可奈何,只得叫他妻子捧了杯子到席上来侍酒。

这男子拿出酒肴中的一只橘子来,咏一首诗道:

　　五月橘柑熟,闻香暗断肠。
　　当年红袖小,也有此浓香。

那女子听了这诗,深悔当时愚昧无知,轻易出走,又深感此行可耻,就入山当尼姑去了。

第六十话

从前有一个男子,到筑紫国去,就住在那里了。

有一个女子在门帘里对另一个女子说:"此人是京中的色情家,又是有名的滑稽家呢。"这男子听见了,咏一首诗道:

此地河名染,渡河必染身。
我今来此地,染作色情人。

那女子回答他一首诗道:

河水虽名染,染衣不染心,
君心原已染,莫怪染河深。

第六十一话

从前有一个男子,为了宫中事务繁忙,长久不去访晤他所通情的女子。这女子想必是不很贤惠的,被一个毫不足道的人几句话所诱惑,逃到乡下去,屈身当了他乡人家的仆役。

有一次,这男子偶然到这乡下人家去借宿,这女子便到故夫面前来照顾生活。此时这女子身份降低了,像一般女仆那样用绢帕包着长长的头发。穿着一件织出远山景色的青布长袄,完全是女仆打扮。

到了夜里,这男子对主人说:"日间到这里来过的那个女人,请你叫她到这里来。"主人遵命,叫这女人出来。男子问她:"你还记得我吗?"便咏一首歌道:

樱花香色今何在?
剩有空枝向晚风。

这女子觉得可耻，话也回答不出。男的问她："为什么不回答我呢？"女子只是说道："泪水涌出，眼睛也看不见，话也……"男的又咏一首歌：

　　厌弃故人逃远国，
　　　虽经年月恨长存。

便解下身上的衣服来送给她。女的不受，就此逃走了。逃到什么地方，不得而知。

第六十二话

从前有一个年纪虽大而性情还是风骚的女子,她希望同一个以多情出名的男子相会,然而无法说出来。因此有一次她捏造出一种无稽的梦话,叫她的三个儿子到身边,讲给他们听。老大和老二回答她一些不好听的话。老三听了这梦,答道:"这一定是即将会见美男子的前兆。"老婆子听了这话非常高兴。

老三心中想:别的男子不足取,如果可能的话,叫她和在五中将业平相会吧。恰巧中将出来打猎,老三在路上碰到了他,便拉住他的马头,向他请求,说有这样的一个愿望。中将可怜这个老女,这天晚上便到她那里去住宿。

然而此后这老女天天等候,中将竟不再来了。老女便走到中将家门前,从垣间向内窥探。中将看见,咏一首诗道:

百年如一岁,鹤发可怜生。
向我垂青眼,莫非有恋情?

他立刻在马上加鞍,表示即将出门的样子。老女以为他要来访了,慌慌张张地走回家去,被田间的荆棘和枳壳刺伤身体也顾不得了,茫茫然地走回家里,非常疲劳,躺倒在席上了。

中将就像老女刚才所做的一样,站在垣外窥探,但见这老女等得心焦,唉声叹气,思量只得睡觉了,却咏一首诗道:

席上铺衣袖,曲肱当枕茵。
恋人难再会,今夜守孤衾。

中将听了这诗,觉得可怜,这天晚上便又在这老女家和她同衾。

人世常态,男女之间总要仔细考虑对方的老少美丑。厌恶老丑的人也很多。这在五中将却不讲究这种差别,可见他是一个心情欢畅的人。

第六十三话

从前有一个男子和一个女子,两人互有情书往还,然而不曾约期相会,密诉衷情。男的满怀怨恨,不管女的情况如何,咏了一首诗送给她:

轻身如有术,愿化作清风。
吹入湘帘隙,向君诉苦衷。

女的回答他一首诗道:

纵使清风细,虚空触手难。
除非经许可,不得入湘帘。

两人的交往止于如此。

第六十四话

从前,某天皇时代,有一个女子,是恩宠深厚的侍女,天皇特许她穿禁色的衣服[1]。这女子是天皇母亲的堂妹。有一个在殿上供职的男子,自称姓在原的,年纪还轻,和这女子相识。因为他是个少年人,所以应许他在殿上妇女所住的房间里出入。有一次他来到这女子所住的房间里,和她相对而坐。这女子很狼狈,对他说道:"这成什么样子呢!你这种行为,不是要使彼此身败名裂吗?"那男子咏一首诗道:

莫得同欢会,相思苦不禁。
但能常相见,万死也甘心。

他更无一点退避的样子。这女子就走出殿上的房间,回到自己

---

[1] 从前的皇宫中,有几种颜色的衣服,只准天皇及皇族等穿着,臣下不得服用,即深紫、深红、暗红等,名曰禁色。

卧室里去了。

殿上的房间，他尚且不怕，何况卧室里，他更加无所顾忌，被人看见也不管，来得更勤了。这女子无计可施，就回到娘家去了。

这男子想道："不怕，这样反而方便。"便更加频繁地访问女子的家乡。外人闻知此事，都笑道："世间果有这样恬不知耻的男子。"

这男子来到女子的家乡，住了一晚，次日一早回到殿中，不让早上打扫殿宇的执事人等看见，迅速地脱下自己的鞋子，一直丢进里面，表示他昨晚在此值宿，现在上殿来了。

他每天扮演这样的丑剧，却私下考虑：不久事情暴露，恐怕自己和那女子都要被视为无用之物而受免官处分，终于身败名裂吧。他便向神佛祈求："如何是好呢？请佛菩萨消除我这狂热的心情吧！"然而心情更加狂热起来，竟会无缘无故地涌起恋爱之情。

于是请几个阴阳师和神巫来，叫他们举行袚禊，求神明消除他的恋情。准备了袚禊需用的种种物品，来到加茂川上。岂知在袚禊中，痛苦反而更加增长，恋情比以前更加狂热了。他就咏一首诗：

求神怜悯我，剗我色情肠。
却被神明误，色情反更强。

便收拾回家去了。

此时的天皇，容姿端丽，每天早上修行，热心念佛，声音庄严清脆。那女子听到了这声音，私下痛哭。心念如此尊严的君王，她自己不能悉心侍奉，恐是前世作孽之故吧。受了那个少年的诱惑，行将身败名裂了。

这期间，天皇听到了这件事。这是应该处重刑的，但特地从宽，把那男子流放到附近地方。那女子的堂姐，命令她从宫中退出，把她禁闭在自己殿宇内的库房中，以示惩戒。这个为恋爱而消瘦了的女子，哭哭啼啼地咏一首诗：

小虫藏藻里，被刈自丧身。
今我亦如此，责己不尤人。

她在禁闭中每天只是哭泣。

那男子还是忘不了她，每天晚上从流放地点偷偷地混进来，到那女子禁闭的屋子旁边，专心一意地吹笛，并用优美的声音歌唱悲哀的歌曲。女子闭居在库房里，听到这声音，知道是那个人，但是现在不能和他见面了。她不敢出声歌唱，只是在心中默念一首诗：

知汝关心我,辗轲多苦辛。
我身遭禁闭,半死半生存。

那男子不得和女子相会,只得每夜到这里来,歌唱这样的诗:

去也徒然去,归时空手归。
只因贪接近,来往百千回。

第六十五话

从前有一个男子，因为在摄津国地方有自己的领地，所以和弟兄及朋友们一起到摄津附近的难波方面去游玩。他看见洲渚近旁有许多船舶来来往往，便咏诗道：

今朝来海岸，放眼看舟行。
各浦千帆走，形同厌世人。

同行诸人听了这首诗都很感动，不能再咏别的诗歌，就此回家去了。

第六十六话

从前有一个男子,为了想散心,约了几个相好的朋友,于二月中到和泉国去游玩。在途中眺望河内国的生驹山,但见峰峦忽隐忽现,白云来去变化,一刻也不停顿。早晨是阴天,过午就放晴。仔细一看,春雪还积压在树梢,皑皑发白。看了这景色,同行诸人中只有一个人咏诗:

山中花上雪,二月未消融。
恐被游人见,白云日日封。

第六十七话

从前有一个男子,约了朋友到和泉国去旅行。途经摄津国、住吉乡、住吉浜等地方,看见风景实在美丽,便下马步行,以便仔细欣赏。同行中有一人说:"请你为这美丽的住吉浜咏一首诗吧。"他就咏道:

燕叫黄花发,秋天景色优。
此浜名住吉,春日也宜留。

别人听了这首秀美的诗都很感动,谁也不再咏诗了。

第六十八话

　　从前有一个男子,当了狩猎的敕使,来到伊势国地方。那时候有一位皇女在伊势神社中修行,她的母亲暗中关照她说:"你必须比对待一般敕使更加热诚地招待他。"因此这修行的皇女特别亲切地对待他。

　　皇女早晨准备让这敕使出门去打猎。到了傍晚,特地请他回到她自己的殿宇内来泊宿。

　　在如此郑重地招待的期间,男子利用这时机,向这修行的皇女求爱,终于订了盟约。两人欢聚的第二日之夜,男的对女的说:"我无论如何也要和你相聚。"女的虽然知道此身应该谨慎,但也不能坚决地拒绝他。

　　然而皇女修行的殿宇内,往来人目众多,两人终于不能相会了。只因这男子是敕使中的主要人物,所以他的寝室离内殿不远,自然和女人的闺房相近。因此女的等到四周的人安静沉睡之后,约于夜半子时光景,悄悄地走进男子的房间里。这时候男子为了相思,不能成寐,开着门躺在席上,向门外眺望。但见朦胧的月光中,有人影出现。仔细一看,一个小孩站着,那女的就站在小孩后面。男的喜出望外,就引导她到自己的房间里来,从夜半十二时到三时左右,两人共寝。这期间不曾谈得一句话,女的就回去了。男的悲叹欢会太短,依旧不能成寐。

  第二日晚上,男的一早就焦灼地等候她。然而这边不能派使者去催,只得眼巴巴地等着。到了天色将晓的时候,女的派昨天那个小孩送信来了。拆开一看,并无书文,只有一首歌:

    君来我去难分辨,
    梦耶真耶不可知。

男的看了,非常悲伤,哭哭啼啼地咏一首答歌:

    暗夜不分真或梦,
    来宵重叙始能知。

交给这小孩带回去,自己就出门去打猎了。

  他身在田野中来来去去打猎,却心不在焉,只盼望今宵人静后早得欢会。可是真不凑巧:伊势的太守,兼任斋宫寮头目的人,闻知狩猎的敕使驾临,举行通宵的宴会来招待他。他不但不得欢会,又因敕使有预定的日程,次日非出发赴尾张国不可。于是男女两人都偷偷地悲叹流泪，不能再得欢会了。

天色渐明，男的正在准备出发的时候，女的派人送一只饯别的酒杯来，酒杯上写着一首歌的前一句：

缘浅如溪能徒涉，

男的连忙拿起松明烧剩的炭末，在酒杯内侧续写后一句：

超山渡海约重来。

不久天色大明，男的就走出国境，向尾张国去了。

第六十九话

从前有一个男子,完成了狩猎敕使的任务而归去的时候,在伊势的大淀地方的渡口泊宿一宵。在此修行的皇女派几个使者来招待他,其中有以前相识的那个小孩。他就托这小孩带回一首诗:

渔翁刈海藻,此藻名"相见"。
我思见伊人,欲请君指点。

第七十话

从前有一个男子，当了天皇的敕使，到伊势参谒到此来修行的皇女。有一个在皇女处当差的女子，经常爱讲色情话的，偷偷地写了一首歌送给这敕使，歌曰：

　　痴心欲看花都客，
　　神圣斋宫跳得过。

那男的回答她一首道：

　　男女相逢神不禁，
　　多情倩女早来临。

第七十一话

从前有一个男子,满怀怨恨地写信给伊势国的一个女子,说道:"原想再度与君欢会,岂知事与愿违,只得就此远赴他国了!"

那女子回答他一首诗道:

伊势青松下,波涛日日来。
青松无怨色,波抱恨情回。

第七十二话

　　从前有一个男子,他明知道自己的恋人住在这地方,然而非但无法和她谈话,连送一封信去也不可能。他只能在这附近彷徨,在心中相思,咏了这样的一首诗:

　　举头能望见,伸手是虚空。
　　好似月中桂,高居碧海中。

第七十三话

从前有一个男子，痛恨一个性情倔强的女子，咏了这样一首诗：

> 非有高山隔，亦无峻岭遮。
> 如何望不见，愁叹向天涯。

第七十四话

从前有一个男子,劝诱一个伊势国的女子,对她说道:"你跟我一同到京都去,无忧无虑地度日子,不是很好吗?"那女的回答他的是这样一首诗:

　　虽知生根松,依恋此茅屋。
　　但得常相见,我心已满足。

她的态度比以前更加冷淡了。那男子咏一首歌送给她:

　　莫非只要常相见,
　　不作巫山云雨仙?

女的也送他一首歌:

但须相见无时断,

绝妙风流是目成。

男的又咏一首诗送给她:

世上无情者,催人落泪珠。

日来襟袖上,泪水永滂沱。

这个难于通情的女子,世间少有其例。

第七十五话

从前，二条皇后还没当皇后而称为皇太子的母亲的时候，有一天到寺院拜佛，那地方有一个在近卫府供职的老人。随从人等受得了种种赏赐物品，这老人也得到一份。他就咏一首诗奉呈皇太子的母亲，诗曰：

原上老松树，应多阅世劳。
我今年已迈，闲梦忆前朝。

皇太子的母亲看了这诗，是否也有所感而悲伤，笔者不得而知了。

第七十六话

从前,有一位称为田村帝的天皇。其时的皇妃名叫多贺几子。这皇妃逝世了,官家于三月末在安祥寺举行法会。许多人奉上供品,这些供品集合起来,其数有好几千。这许多供品穿在树枝条上,陈列在寺内的大殿上,望去竟像一座高山。

这时候,有一个右大将,名叫藤原常行的,在法会终了之后,召集一班歌人,以今日的法会为题,添加春日的心情而咏歌。其时有一个身任右马头的老人,老眼昏花,望望这些堆积如山的供品,咏一首歌道:

琳琅供品如山积,
为惜春光不再回。

这首歌,现在读起来,并不能算是佳作。但在当时,这样的歌想必是当作上品的,所以大家感动,赞叹不已。

第七十七话

从前,文德天皇时代,有一位妃子叫作多贺几子。这妃子死了,官家在安祥寺举行四十九日的法事。右大将藤原常行参与这法会。回来的时候,到一位当了禅师的亲王所居的山科地方的殿宇内去访问。庭院里有从山上流下来的瀑布,又有人造的水川,景色十分幽雅。

右大将对禅师亲王说:"身在他处,心常倾慕,每以无缘拜谒为恨。今宵得侍奉左右,不胜荣幸之至。"亲王大喜,命令左右准备夜宴。

后来右大将从亲王殿宇中退出,和随从人员商谈:"我初次拜谒亲王,一点礼物也不曾带得,甚是抱歉。记得从前天皇行幸家大人三条邸时,纪宇国献上那地方的千里浜所产的一块岩石,形状非常秀美。只因赶不上行幸的日子,这块岩石就此搁置在某吏目房间前面的沟里。这是装饰庭院的好材料,我想奉献给这位亲王。"就派随身人员前往搬取。

不久岩石送到了。一看，形状比传言所闻更为优美。仅仅献上一块岩石，不大雅观，便令随从人员咏诗。其时有一个当右马头的人，把青苔切细，像描金一般地在岩石上写下了一首诗来。诗曰：

供奉灵岩石，区区一点心。
忠贞如日月，借此表情深。

第七十八话

从前,同姓氏[1]的家里有一个亲王诞生。有许多人为新建的房屋咏歌祝贺。其中有一个人,是亲王的外祖父家族中的一位老翁,咏这样的一首歌:

门前种竹高千丈,
冬夏青荫庇护深。

---

[1] 所谓同姓氏,应是指在原氏。——原注

第七十九话

从前有一个人,住在一所衰颓了的屋子里,庭中种着藤花。这庭院中别的花木一点也没有,只有这藤花美妙地开着。三月末有一天,主人不顾春雨霏霏,亲手折取一枝藤花,奉献给某贵人,附一首诗曰:

藤花开过也,春色已阑珊。
冒雨殷勤折,请君仔细看。

第八十话

从前有一位左大臣,在加茂川岸边的六条地方建造一所风雅的宅院而居住着。

十月下旬,菊花一度凋谢而重新盛开的时候,恰好红叶呈艳,浓淡有致,十分美丽。左大臣就在此时邀请几位亲王来赏花,通宵宴饮,并演奏管弦。

天色微明之时,诸人赞美殿宇风致之幽雅,吟咏各种诗歌。这时候有一个像乞丐那样秽陋的老人,蹲踞在殿宇的门槛下面的泥地上,等别人咏毕之后,也咏一首诗道:

何日来盐釜,从容荡钓舟。
晨风轻拂面,到此且遨游。

笔者以前赴陆奥旅行时,看见那地方有许多珍奇美妙的风景。然而我朝六十余国之中,比得上盐釜地方的风景一处也没有。所以这老翁赞美这庭院风景时,特别提出盐釜湾,其诗意是说"自己仿佛是不知何时来到了盐釜湾上"。

第八十一话

从前有一位叫作惟乔亲王[1]的皇子,他在山城国的山崎对面叫作水无濑的地方有一所别墅。每年樱花盛开之时,皇子必来居住。这时候,有一个任右马头官职的人,一定陪同前来。历年既久,这个人的姓名记不起了。皇子出门去,名为打猎,其实只爱在春日的田野中饮酒赋诗。有一天出猎,来到一个叫作交野的洲渚上,看见那里有一株梅树,姿态窈窕可爱,便在树下下马,手折花枝,插在头上。上者、中者、下者,一齐吟咏诗歌。那右马头咏的诗是:

花开人踊跃,花落人伤心。

灭却樱花种,一春庆太平。

---

[1] 惟乔亲王是文德天皇的第一皇子。其母乃纪有常之妹静子,因此这位亲王和在原业平是堂兄弟,后来因藤原氏占据皇位,这位皇子在小野山里地方闲居以终。——原注

另一人咏诗曰：

> 莫怪花易落，劝人大有功。
> 无常原迅速，正与此花同。

后来大家离开樱花林下而归去，日色已渐向暮。随从人等命仆役拿了酒肴，从狩猎地方走来。皇子说应将此酒饮尽，便去另找景色优美的地方，来到了名叫天河的河岸上。

于是右马头向皇子献一杯酒。皇子说道："在郊野打猎，来到了天河边上。你且将此意咏诗，然后献酒吧。"

右马头便咏道：

> 天河临近也，狩猎到天涯。
> 问向谁行宿，河边织女家。

皇子深为感佩，反复吟咏这首诗，终于不能和唱。其时有一个叫作纪有常的人，奉陪在侧。此人和一首诗道：

> 河滨织女舍，七夕会牵牛。
> 外客去投宿，想来不肯留。

不久皇子回到了水无濑别墅，再在这里饮酒闲谈，直到夜深。皇子已醉，思量回寝室去。其时十一日的月亮正将下山，右马头又咏诗曰：

今夜清光满，贪看不忍休。
碧空无限好，莫隐入山头。

纪有常又代皇子答诗曰：

斩去森林树，削平地上峰。
月轮无处隐，长挂碧空中。

第八十二话

从前，常常到水无濑的别墅来游玩的惟乔亲王，照例出门去打猎。奉陪的是老翁右马头。皇子在那里住了几天，便回京都宫邸。这老翁伴送皇子到宫邸之后，就想回去。但皇子赏他喝酒，还要送他礼物，因此他不能脱身。右马头不得乞假，心绪惑乱，咏歌道：

春宵不似秋宵永，
未得长留侍奉君。

其时正是三月下旬也。皇子也不睡觉，通宵宴饮。右马头准备这样地侍奉他，却意想不到皇子不久就剃发为僧，隐居到小野山去了。

到了正月里，右马头想看看皇子，便去访候。小野山位在比睿山麓，此时积雪甚深。他好容易踏雪前行，到达了皇子住所。皇子在此寂寞无聊，忧愁度日，希望右马头多留几时，和他做伴。右马头也情愿长期侍奉，然而正月里宫中事物纷忙，因此事与愿违，傍晚时分就向皇子乞假，奉呈一首歌：

　　踏雪追寻疑做梦，
　　　浑忘君是出家僧。

　　哭哭啼啼地回去了。

第八十三话

从前有一个男子,官位低微,但他母亲是皇女。母亲住在叫作长冈的地方,儿子则在宫廷中当差。他时时想去探望母亲,然而总不能常常去访。母亲只有这一个儿子,很是疼爱,常常想念他。这样地分居两地,到了某年十二月中,母亲派人送给他一封信,说是很紧急的。他大吃一惊,连忙拆开来看,其中并无别的文字,只有一首诗:

残年生趣尽,死别在今明。
望子归来早,忧思日日增。

儿子读了这诗,来不及准备马,急急忙忙地步行到长冈,一路上淌着眼泪,心中咏这样一首诗:

但愿人间世，永无死别忧。

慈亲因有子，延寿到千秋。

第八十四话

从前有一个男子,他从小侍奉的一位皇子,忽然剃发做了和尚。虽然已经出家,每年正月里这男子总是前去访问。他是在宫中任职的,平常时候不能去访。但他不忘旧日的恩谊,今年正月间又去拜访。另有些人,也是从前侍奉他的,有的在俗,有的也已出家,都来拜访他。他说现在是正月里,与平时不同,须请大家喝酒。这一天大雪纷飞,终日不绝。大家喝得大醉,就以"阻雪"为题而咏诗。这男子咏的是:

思君徒远望,无计可分身。
落雪天留客,天公称我心。

皇子赞赏此诗,认为情意殊胜,脱下身上的衣服来赏赐他。

第八十五话

　　从前有一个童年男子，和一个稚龄女郎互相爱慕。两人都有父母管束，顾忌甚多，这恋爱就中途断绝了。过了几年之后，女的希望这旧日的恋爱获得团圆，重新向男的求爱。男的便咏一首诗送给她。送她这样的诗，不知是什么用意。诗曰：

　　　　久别犹相念，人间迨未闻。
　　　　只因经岁月，彼此相思频。

　　两人的交往止于如此。听说后来男的和女的在宫中同一地方供职。

第八十六话

从前有一个男子,因在摄津国菟原郡芦屋地方有自己的领地,就到那地方去居住了。古歌有云:

芦屋煮盐忙不了,
黄杨小栉久生疏。

歌中所咏的,正是当地的情形,这地方就叫作芦屋滩。这男子的地位并不很高,但他在宫中任职,颇多闲暇,因此京中卫府里的官吏等人,常常到这里来游玩。他的哥哥也是在卫府里当长官的。他们在这屋子前面的海岸散步之后,有一个人说:"好,我们爬到这山上去看看那瀑布吧。"

大家爬上去,一看,这瀑布果然与众不同,高二十丈、宽五丈余的岩壁上,仿佛包着一匹白布。这瀑布的上方,有一块圆坐垫那么大的岩石突出来。落在这岩石上的水,像小橘子或

粟米那么大小,向四处飞散。看的人都咏瀑布的诗歌。那个卫府的长官首先咏道:

  我生诚短促,愁待死期临。
  珠泪如飞沫,将同瀑布争。

  其次是主人咏诗:

  白玉珍珠串,忽然断了绳。
  珍珠如泪落,湿透我衣襟。

  诸人读了这首诗,大约都觉得如此咏诗,结果是制造笑柄,因此没有人再咏了。
  归途颇远。经过已故的宫内卿茂能家的时候,日色已暮。遥望家乡方向,但见海边有无数渔火,闪闪发光。主人又咏一首诗:

  似是晴空星,又疑水上萤。
  莫非桑梓近,渔火夜深明。

咏罢就回家去。这天晚上南风甚大。缓和之后,波浪还是很高。次日一早,主人就派婢女等到海边去,把波浪漂送过来的海藻拾些回家来。主妇就把这些海藻盛在一只高脚盘子里，上面盖一片槲叶，叶上写着一首歌：

此是海神妆饰品，
为君漂近水边来。

作为一个乡村妇女的歌，算是好的呢，还是坏的呢？

第八十七话

从前,有几个年纪不算小了的伴侣,大家集在一起观赏月亮。其中有一个人咏这样一首诗:

清光虽皎洁,不是庆团圆。
月月来相照,催人入老年。

第八十八话

从前,有一个身份并不微贱的男子,恋慕一个比他高贵的女子,空自度过了愁苦的岁月。他就咏这样一首诗:

单恋无人晓,忧心似火煎。
一朝失恋死,枉自怨苍天。

第八十九话

从前有一个男子,不知怎的看中了一个无情的女子,向她表示恋慕之意。女的大约也同情于他,央人对他说道:"你既然如此想念我,就请隔着帘幕和我谈话吧。"

男的听了这话,非常欢喜,但也还有不安之心,就在一枝正在盛开的樱花上系上这样一首诗,叫人送给她。诗曰:

  今日樱花好,娇嫣满眼前。
  且看明日晚,是否尚依然。

实际上,那女的恐怕也有这样的感想吧。

第九十话

　　从前有一个男子,不能会见他所思慕的女子,愁叹自己正像做梦一般度日。到了春暮的三月底,咏了这样一首诗:

　　　　三月今朝尽,惜春双泪淋。
　　　　夕阳无限好,只是近黄昏。

　　这首诗中隐藏着恋慕之情,然而恐怕没有人能了解他的真意吧。

第九十一话

从前有一个男子,不堪相思之苦,每日在那女子的家门前徘徊来往。然而要送一封信也办不到,他就咏这样一首诗:

芦花高且茂,中有小舟摇。
岸上无人见,往来空自劳。

第九十二话

从前有一个男子,不管自己身份低微,恋慕一个高贵的女子。然而丝毫不能把心情传达给她。于是此人醒也相思,睡也相思,不胜忧恼,咏了这样一首诗:

乌鹊双飞乐,无须学凤凰。
我应怜碧玉,何苦梦高唐。

第九十三话

从前有一个男子和一个女子,不知为了什么事,男的不再来访晤这女子了。后来这女子另嫁了一个丈夫。但她和前夫之间已经生了一个孩子,所以虽然不像本来那样亲密,男的也常常和她通问。

这女子擅长绘画。有一次前夫送一把扇子来要她画。她说因为后夫在此,所以要迟一两天画。前夫心中不快,写信给她说:

"你把我托你的事情耽搁到现在,原是意料中之事,但我总不免怀恨。"又附一首诗送她,其时正是秋天。诗曰:

贪赏秋宵好,浑忘春日佳。

人情原已惯,重物掩轻霞。

女的回答他一首诗如下:

千度秋长夜,争如一日春。
樱花易散落,红叶快凋零。

第九十四话

从前有一个在二条皇后殿内供职的男子,和同在这殿内供职的一个女子经常见面,便思慕她,历时已经很久了。有一次,他送一封信给这女子,说道:"至少和我隔帘相会,聊以慰我心头之恨。"

那女子便趁人不见的时候,隔着帘幕和他相会。男的向她诉说了种种心事之后,咏一首诗道:

垂帘相对语,好似隔银河。
渴望湘帘卷,牛郎热泪多。

那女子读了这首诗,心中感动,便容许他了。

第九十五话

从前有一个男子,恋慕一个女子。彼此通问,已有很长的日月。那女子原来不是铁石心肠的无情人,因此可怜这男子,对他渐渐地发生好感。两人希望相会,但正是六月中旬盛暑的时候。那女的由于出汗,身上生了一两个肿毒。她便对男的说:"现在我除了想念你以外,什么心事也没有了。不过我身上生了一两个肿毒,且天气炎热。所以我想稍稍延缓,等秋风一起,一定和你相会。"

到了初秋的时候,女子的父亲闻知女儿偷偷地和那男子通情,大为震怒,肆口叱骂,家中便起了纷争。这女子本来住在她母亲的娘家,发生了这事情之后,她的哥哥就来迎接她,要带她到父亲那里去。女的悲怆之余,叫人去拾一张初红的枫叶来,在这上面写一首歌:

清秋佳约还成梦,

空见寒林落叶飘。

她吩咐家里的人:"如果对方派使者来,你们可把这个交给他。"说过之后她就走了。

如此别去了之后,这女子到底是度着幸福的日子呢,还是不幸地生活着,无从得知。连她的住处也不知道。那男的愤不欲生,只管扼腕叹息,咒骂那女子。这真是乏味之极。他喘着气说:"唉,可怕!人的咒骂到底是有反应的呢,还是没有反应的,且看着吧。"

第九十六话

从前有一位堀河太政大臣,在九条的自邸内举办四十岁的贺筵。这一天有一位当近卫中将的老翁,咏这样一首诗:

樱花千万点,蔽日满天飞。
老物如来访,眼花路途迷。

第九十七话

从前有一个在太政大臣邸内供职的男子,于九月间将一枝人造的梅花和一只雉鸡奉献给大臣,附一首诗:

时季无移变,造花永不凋。
愿君长寿考,庇我小臣僚。

太政大臣读了这首诗觉得很高兴,拿许多物品赏赐使者。

第九十八话

从前,右近卫府的马场上举行骑射仪式那天,有一个近卫中将在那里参观。他看见对面停着一辆牛车,门帘中露出一个美女的脸来,就咏了这样一首诗送给她:

> 如见却非见,如亲又陌生。
> 今朝心绪乱,尽日恋伊人。

那女子回答他一首诗道:

> 无关识不识,不管亲非亲。
> 唯有真诚者,才能叙恋情。

后来他知道了这女子是谁,两人终于团聚。

第九十九话

从前有一个男子,在宫中行经后凉殿和清凉殿之间的廊下时,有一个贵妇人从自己的住室的帘子底下塞出一束忘草[1]来,向这男子问道:"这也可以叫作忍草[2]吗?"男子接了这束草,回答她一首诗道:

  我心非忘草,一见即留情。
  我心是忍草,耐性等佳音。

---

[1][2] 日文"萱草"亦写作"忘草","忍草"是萱草的别称。

第一百话

　　从前有一个叫作在原行平的人,是左兵卫的长官。在宫中任职的人们听见他家中有美酒,都来索饮。这一天他就以左中弁藤原良近为正宾而举办酒宴。

　　主人行平是个风雅人物,在花盆中养着各种各样的花。其中有一盆是花中最珍贵的美丽的藤花,花房有大至三尺六寸者。诸人就以此花为题而咏诗。各人咏毕,主人的兄弟闻知有酒宴,也来参加。他们就拉住他,要他咏诗。此人原来不会咏诗,说出种种理由来推辞。然而他们不讲道理,一定要他咏。他就咏这样的一首诗:

　　　　花开如宝盖,荫庇许多人。
　　　　今后藤花发,荣华日日增。

　　别人问他:"你为什么咏这样的诗?"他回答道:"太政大

臣良房卿的荣华，今日已达盛期。藤原家族的人特别光荣。我想到此事，所以咏这样的诗。"在座诸人就不再批评他的诗了。

第一百零一话

从前有一个男子,对于诗歌并无素养,但对于人生颇有理解。有一个出身高贵的妇人,现在已经当了尼姑,离开了尘嚣的都城,而住在遥远的山乡中。这男子原是这妇人的同族人,咏了这样一首诗送给她:

有心遁俗世,不得上青云。
匿迹深山里,岂能忘世情。

第一百零二话

从前有一个男子,在深草帝[1]治下供职。此人生性严肃而忠实,毫无一点浮薄心情。然而不知怎的,由于一念之差,爱上了某亲王所宠幸的一个女子。有一天,是两人欢会后的第二天,这男子咏了这样一首诗送给这女子:

难得同欢会,犹如在梦中。
回思当夜事,此梦更虚空。

这首诗真恶俗啊!

---

[1] 深草帝即仁明天皇。——原注

第一百零三话

从前有一个女子,并无明确的原因,忽然出家当了尼姑。她的姿态虽然改变了,但是对于俗世还是不能忘情,喜欢看热闹。有一天举行葵花会,她就出去观赏。有一个男子看见了,咏了这样一首诗送给她:

尘嚣诚可厌,祝发[1]为尼僧。
观赏葵花会,流盼到我身。

---

[1] 断发,削发。

第一百零四话

　　从前有一个男子,苦闷之极,对一个女子坦白地说道:"既然如此,死了罢休。"那女子回答他一首诗道:

　　　　白露要消散,应当散得光。
　　　　何须留几滴,当作宝珠藏。

　　这男子疑心她另有所欢的男人,心情不快。然而对这女子的恋慕之情日益加深了。

第一百零五话

从前有一个男子,于凉秋九月,诸亲王出游之时,前往侍候。他在立田川岸边咏这样的诗:

立田川上水,红叶染成纹。
似此珍奇景,古来无比伦。

第一百零六话

从前,有一个出身良好的女子,在一个略有身份的男子家里供职。有一个掌管文件记录的男子,名叫藤原敏行的,爱上了这个女子。这个女子容貌实甚美丽,然而年纪还轻,赠答的信也不大会写,书牍的措辞也不懂得,诗歌当然不会咏了。要她写信,须得由主人替她起稿,叫她照抄。藤原敏行看了别人代她写的信,欢喜赞叹,咏了这样一首诗送给她:

苦雨连朝下,泪河逐日深。
浪涛侵我袖,欲访不成行。

答诗照例由那个主人代作:

泪水仅沾袖,泪河必不深。
君心如可靠,应是湿全身。

敏行得诗，非常感动，便把这诗藏在文箧中，出入随身携带，外人传作话柄。

同是这个敏行，到了和这女子通情，却写这样的信给她："我原想奉访，但因即将下雨，所以正在等待。如果我有幸运，此雨便不降了。"

主人又代这女子回答他一首诗：

来书情切切，是否出真心？
知我生命薄，连朝苦雨淋。

敏行读了这首诗，蓑笠也无暇穿戴，不管衣服濡湿，冒着雨走来了。

第一百零七话

从前有一个女子,怨恨男子的无情,咏了这样一首诗,反复吟诵,有似口癖:

> 愁多长堕泪,我袖无时干。
> 好似回风起,波涛没海岩。

那男的听到了,回答她这样的一首诗,表示同情:

> 夜夜青蛙哭,田中泪水盈。
> 虽无淋雨降,水势每天增。

第一百零八话

从前有一个男子,他的朋友失去了所爱的女人,他咏这样一首诗去吊慰他:

花虽易散落,人死在花前。
孰是先当惜,君心自了然。

第一百零九话

从前有一个男子,避开人目,偷偷地和一个女子通情。有一天这女子写信给他,说道:"我昨夜在梦中看到你。"那男子回答她一首诗:

相思心太切,魂梦入君衾。
今夜如重见,请君驻我魂。

第一百一十话

从前有一个男子,追念一个不曾见面而死了的女子,作了这样一首诗,送给一个身份高贵的女子:

平生不相见,此日苦相思。
或许有前例,今朝我始知。

第一百一十一话

从前有一个男子,好几次向一个女子求爱,那女子只当不知。他就咏了这样一首诗送给她:

不蒙垂青眼,无须说恋情。
但看裙带解,明我恋情深。

那女子回答他一首诗道:

休言裙带解,不用说恩情。
巧语花言好,奈何不中听。

第一百一十二话

从前有一个男子,真心诚意地和一个女子订立了山盟海誓,不料这女子忽然变了心。他送她这样一首诗,以表示怨恨之情。诗曰:

　　青烟随风走,飞散渺难寻。
　　汝逐何人去,行踪更不明。

第一百一十三话

从前有一个男子,所爱的女子变了心。此人寂寞孤居,咏了这样一首诗:

生年不满百,恩义总易忘。
可叹无情女,芳心不久长。

第一百一十四话

从前,仁和帝行幸芥川的时候,有一个年纪稍长的男子,现在已经不配当随从了,但因本来是在宫中掌管饲鹰的职务的,所以此次行幸,也命他担任大饲鹰之职而随驾。此时这男子身穿襟袖用草织成而绣着仙鹤纹样的猎衣,写出这样的一首诗:

野老衣华彩,请君勿笑人。
奉陪今最后,感激涕泪淋。

仁和帝读了这首诗,龙颜不悦。这首诗原是这男子为了自己年老而咏的。然而那些年长的人听来,以为"今最后"这话是为他们说的。仁和帝也有这样的感想,所以龙颜不悦。

第一百一十五话

从前,陆奥国地方,有一个从京都来的男子,和本地的一个女子同居。有一天,男的对女的说:"我要回京都去了。"女的非常悲伤,说道:"那么我总得替你饯行吧。"就在这国中的奥井的都岛地方,置酒送别,咏一首诗送给他:

我身居奥井,痛苦似燃烧。
送尔赴都岛,天涯梦想劳。

男的读了这首诗,非常感动,便不回京都去,留住在这地方了。

第一百一十六话

从前有一个男子,无端地漂泊到了陆奥国地方。写一首歌寄给留在京都的妻子:

波涛影里窥乡邑,

此去离情别绪多。

又添写道:"我的放纵心情,到了乡间之后都改过了。"

第一百一十七话

从前,某天皇行幸到住吉地方。有一个随驾的老翁咏一首诗道:

住吉河岸上,我曾见小松。
今朝参天日,阅历几秋冬。

这时候住吉的大明神忽然显灵,咏一首诗道:

陛下春秋盛,不知昔日缘。
山神守此土,远古到今天。

第一百一十八话

从前有一个男子，很久没有音信给他所爱的女子了，有一天给她一封信，说道："我决不忘记你，日内就要来和你相会。"女的回答他这样一首诗：

蔓草浑无赖，攀缘到处行。
空言不忘我，难博我欢心。

第一百一十九话

从前有一个女子,看到了那男子说是下次再见时的纪念品而留在她那里的物件,咏了这样一首诗:

见此遗念物,如逢宿世仇。
但求长相忘,此物不须留。

第一百二十话

从前有一个男子,恋慕一个女子,在还没有初步订交,不能称之为恋爱的时候,想不到这女子已经和另外一个男子私通了。隔了很久之后,他咏了这样一首诗:

但愿筑摩寺,神舆早日过。
看此无情女,头戴几只锅[1]。

---

[1] 筑摩地方有一神社,供奉御厨之神。每年五月初八日,举行锅祭:许多妇女随从神舆在街上巡行,头戴纸制的锅子,有几个情郎,头戴几个锅子。这是一种有名的奇怪风俗。

第一百二十一话

从前有一个男子,看见他所亲爱的一个女子从宫廷的梅壶室退出,衣服被雨沾湿了,便咏一首诗送给她:

黄莺衔柳叶,草笠织来青。
送与伊人戴,莫教雨湿襟。

那女子回答他一首诗道:

莫教黄莺织,无须草笠青。
君心热似火,烘我湿衣襟。

第一百二十二话

从前有一个男子,和一个女子订了坚定的盟约,这女子背叛了。他送她一首诗:

　　曾掬玉川水,共饮订山盟。
　　不道全无效,相逢如路人。

但那女子没有给他回音。

第一百二十三话

从前有一个男子,和住在伏见的深草地方的一个女子相恋爱。但男的略有厌倦之意,咏一首诗给女的:

此地经年住,今朝将远行。
地名"深草"野,蔓草必丛生。

那女的回答他一首诗道:

若成深草野,便好宿鹑鸡。
夜夜高声叫,唤君早日归。

男的读了这首诗,大为感动,不再想离开女子所住的地方了。

第一百二十四话

从前有一个男子,不知他心中有什么深思远虑,咏了这样一首诗:

若有心头事,沉思勿作声。
只因人间世,没有同心人。

第一百二十五话

从前有一个男子,生了重病,自知即将死去,咏了这样一首诗:

有生必有死,此语早已闻。
命尽今明日,教人吃一惊。[1]

---

[1] 契冲评此诗,曰:"后人吟虚伪的辞世之歌及悟道之诗,皆是伪善,甚为可憎。业平一生的诚意,表现在此诗中,显示着后人一生的虚伪。"此言甚是中肯。——原注

ⓒ 佚名 2023

图书在版编目（CIP）数据

伊势物语/（日）佚名著；丰子恺译.—沈阳：万卷出版有限责任公司，2023.1
ISBN 978-7-5470-5744-5

Ⅰ.①伊… Ⅱ.①佚…②丰… Ⅲ.①长篇小说—日本—中世纪 Ⅳ.①I313.43

中国版本图书馆CIP数据核字（2021）第182595号

出 品 人：	王维良
出版发行：	北方联合出版传媒（集团）股份有限公司
	万卷出版有限责任公司
	（地址：沈阳市和平区十一纬路29号 邮编：110003）
印 刷 者：	辽宁新华印务有限公司
经 销 者：	全国新华书店
幅面尺寸：	145mm×210mm
字　　数：	150千字
印　　张：	7
出版时间：	2023年1月第1版
印刷时间：	2023年1月第1次印刷
责任编辑：	史　丹
封面设计：	仙　境
版式设计：	展　志
责任校对：	张　莹
ISBN 978-7-5470-5744-5	
定　　价：	39.80元
联系电话：	024-23284090
传　　真：	024-23284448

常年法律顾问：王　伟　版权所有　侵权必究　举报电话：024-23284090
如有印装质量问题，请与印刷厂联系。联系电话：024-31255233